主编　王泉根

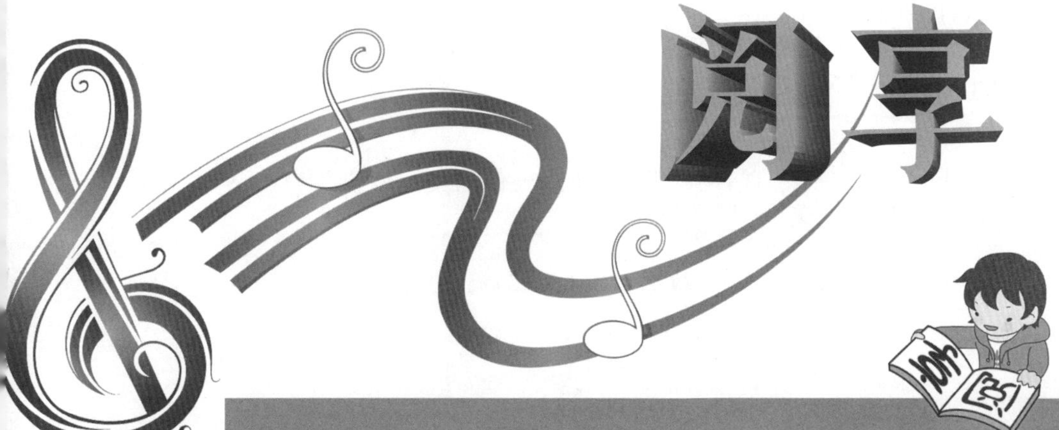

少年阅享世界文学名著经典读本（简写本）

欧美神话故事

王洪泉　改写

图书在版编目(CIP)数据

欧美神话故事/王洪泉改写.—苏州:苏州大学出版社,2016.7

(少年阅享世界文学名著经典读本:简写本/王泉根主编.第二辑)

ISBN 978-7-5672-1555-9

Ⅰ.①欧… Ⅱ.①王… Ⅲ.①神话－作品集－欧洲②神话－作品集－美洲 Ⅳ.①I17

中国版本图书馆 CIP 数据核字(2016)第 167303 号

少年阅享世界文学名著经典读本(简写本)第二辑
欧美神话故事
王泉根 主编　王洪泉 改写

责任编辑	金振华
装帧设计	刘　俊
出版发行	苏州大学出版社
	(苏州市十梓街1号　邮编:215006)
	(网址:http://www.sudapress.com)
排　　版	镇江文苑制版印刷有限责任公司
印　　刷	苏州市大元印务有限公司
开　　本	700 mm×1 000 mm　1/16
印　　张	10.25
字　　数	205 千
版印次	2016 年 7 月第 1 版　2016 年 7 月第 1 次印刷
书　　号	ISBN 978-7-5672-1555-9
定　　价	18.00 元

版权所有　翻印必究　印装差错　负责调换
苏州大学出版社营销部　电话:0512－65225020

导　　读

　　天地形成之初，世界是什么模样？在深邃莫测的天宇中，是否真有雷公电母叱咤风云的身影？刮风下雨，电闪雷鸣，是否就是他们心情不好时搞的恶作剧？人类来自何方？走完或长或短的生命历程后，将魂归何处？在茫茫宇宙中，是否还有别的生灵存在？在黑黢黢的地底下，是否还飘荡着恐怖的死魂灵……

　　当我们的先人从莽莽苍苍的原始丛林中，踉踉跄跄地走出来，开始了他们作为"人"的新生活时，他们就发出了这样的生命追问。他们以并不聪颖的心智，开始了最原始最朴素的思考，试图解开飘荡在他们头脑里的那些朦胧的谜团。在科学和文明极其低下的古代，虽然人们认识自然、社会和自身的能力非常原始，但是，面对这茫茫世界上的一切，他们慢慢张开了想象的翅膀，以瑰丽、怪诞，甚至是荒谬的想象，解释他们那无尽的迷茫。因此，他们笃信：浩浩的宇宙中有一个主宰世界的万能的神，他创造了世界和世界上的一切。于是，"神话"这个非常古老、非常原始的精灵，就这样产生了。今天，当我们打开几千年世界文明宝库，徜徉在浩瀚的世界神话海洋中，不禁为先人们那些五彩缤纷、奇特怪诞的想象感叹唏嘘。

　　本书主要收编了北欧神话、印加神话、玛雅神话和美国神话故事。

　　一提起北欧，我们自然就会想到那是一个接近北极的冰雪大地。在那片神奇、古老的大陆上，耸立着巍峨的万年雪峰，覆盖着莽莽苍苍的原始森林，还有那亿年不化的林立的冰川……这的确是一片充满了幻想、充满了未知的世界，她为神话的生长提供了肥沃的土壤。北欧神话一如雄浑、深沉的北欧大陆一样,那是勇敢者的神话,富有冒险和挑战精神,其故事情节曲折生动,人物形象丰满、细腻,蕴涵着一种磅礴的气势。

　　北欧神话中的天神大都住在天国中的亚萨园,而奥丁是众神的领袖。作为众神的首领,奥丁具有超人的智慧和胆识。尤其是在当上首领之前,他在与巨人的战斗中功勋卓著。为了获得更多的知识和智慧,他曾经来到了矗立在宇宙中心的一棵伟岸无比的尤加特拉希树下。那树下有一眼智慧的清泉,由巨人密密尔把守。奥丁请求密密尔让他喝一点智慧之泉的水,但密密尔要求他用右眼交换。于是,奥丁就把自己的右眼挖出来,扔进了泉水中……总之,在北欧神话中,奥丁作为众神的首领,是勇敢、智慧和正义的化身。在他的身上,充满了至真、至善和至美等高尚的情操和品质。

　　雷神托尔是北欧神话所塑造的另一个血肉丰满的正面人物形象。他是众神之主奥丁和女巨人"大地"所生的儿子,也是整个亚萨诸神中最孔武有力的神明。他主要负责保护人类所居住的中间园,与那些邪恶的巨人打仗。托尔身上披挂着各种各样的锐利兵器,其中最著名的就是那把由侏儒辛德里所打造的神锤。这把神锤威力无比,凡是被击中者,顷刻间就会变成肉泥。勇敢、威猛的托尔一向尽职尽责,他对善良的人们报以侠骨柔情,而对所有的邪恶则报以势不两立的决绝态度。为了夺回自己心爱的神锤,托尔这么一个顶天立地的硬汉子也曾乔装打扮成新娘。在婚宴上,这位硕大无朋的"新娘"令人瞠目结舌地一口气吃掉了一头牛,喝光了三大桶蜜酒……相信所有的读者读到这里,都会禁不住捧腹大笑。

　　与奥丁、托尔这样的正面人物形象相比,在洛奇身上则体现了善与恶的激烈冲突。洛奇的父母都是巨人,因为他和奥丁曾结成了盟友,所以他在亚萨园中也找到了自己的首领位置。洛奇仪表堂堂,但性情却非常乖张。他喜欢欺诈,任性而为。他诡计多端,竭尽招摇撞骗之能事。他是亚萨园中最不守规矩的人,经常惹是生非。有一天,托尔美丽的妻子西芙在花园中梳理自己那头美丽无比的金色头发。当她不小心睡着了的时候,洛奇悄悄溜了进来,恶作剧地剪掉了她的长发,西芙伤心欲绝。托尔暴跳如雷,决定找洛奇算账……此事在亚萨园中引起了轩然大波。同时,洛奇天生聪颖,智慧过人,常常为亚萨园诸神排忧解难。

在美丽的亚萨神园中,还住着许多美丽的女神,她们分别掌管着人类的爱情、婚姻和誓言。有的负责让男女之间彼此爱慕;有的则专门消除男女之间所产生的矛盾和隔阂,让天下有情人都能如愿以偿地结成夫妻;有的专门监督男女之间的山盟海誓,让那些负心人受到应有的惩罚……在众多的女神中,伊敦是青春女神,主要为众神保管一种神奇的青春苹果。所有的亚萨神都会定期来到伊敦这里,吃这种能让青春永驻的苹果。然而,有一天,伊敦女神和她的青春苹果突然失踪了,灾难立即降临到了亚萨诸神身上。他们很快地开始衰老,头发灰白,失去了往日的青春活力……

总之,本书所选编的二十二个北欧神话故事中,或人物形象鲜活,或故事情节跌宕,或充满了荒诞不经的幻想,或极度夸张、变形……一定会把你带进一个扑朔迷离的幻想世界中。

棕黄色的皮肤,飘扬的乌黑长发,深邃、忧郁的眼神,肢体语言异常夸张、热烈、奔放的舞蹈,穿行在密林中狩猎的诡秘的行踪,以及策马笑傲安第斯的猎猎英姿……这就是生活在南美大陆上的印第安人留给世人的最刺眼的形象。在这片神奇的所谓新大陆上,却流传着可以追溯到洪荒时代的悠久的神话传说故事。

在林林总总的印第安神话中,大致可以分成两个时期、三大体系。

第一个时期是指11世纪初期以前的玛雅神话。它大都产生于原始部落聚居、迁移和向国家雏形过渡的时期,是老辈神祇体系的代表。

第二个时期是指11世纪初至15世纪西方殖民者入侵之前的神话。它是部落之间通过加盟、征伐和联姻等形式,逐渐实现多部落融合,形成相对统一正教的印安帝国新神祇时期的代表。同时,按照这些神话体系的完备程度,又可分为印加神话、阿兹特克神话和玛雅神话三部分。

在本书中,一共收编了五个印加神话和七个玛雅神话故事。在印加帝国神话中,他们信奉太阳神为唯一的主神,并通过各种各样的形式对太阳神顶礼膜拜,他们生存的全部目的和希望就是为了寻找、追随和朝拜太阳神。为此,他们在路上跋涉,不辞辛劳。当得到了太阳神的神谕后,即或是走向死亡,他们也无怨无悔。《太阳神》《寻找太阳王》和《亡国之兆》等所讲述的就是这类故事。同时,他们在内心还尊奉着那个赋予世界生命的神——帕查卡马克。他们虽然并不为这个从不显形的神建造神庙和供奉祭品,但他们对他一直报以虔诚的感激。在《赋予世界生命的人》中,就讲述了印第安人对帕查卡马克的敬仰。

本书所选的七个玛雅神话故事,大都反映了最初、最朴素的关于印第安人的起源的思想。居住在沙斯塔山附近的印第安人为什么从来不捕杀灰熊?如果他们中有人被灰熊咬死了,那个人的尸体为什么很快就会被烧掉?以后,凡是路过这里的族人,为什么都会往他的坟头扔一块石头?如果你想了解,请你仔细阅读《印第安人的祖先——神女和灰熊》。同时,在这些神话故事中,还表达了印第安人希望与天上的神明心灵相通的美好愿望。《海神》《水神》和《星星姑娘》等,讲述的就是这样的故事。

此外,本书还收编了两篇美国的讲述幽灵、鬼怪的神话故事——《幽灵》和《与魔鬼结婚的女孩》。这两篇神话都有着新奇的想象,对人死后的去向做了一些大胆的畅想,读来令人震惊。

总之,限于篇幅,在浩瀚的欧美神话中,我们只能蜻蜓点水似地选编了其中的点滴,难免挂一漏万,诚请读者朋友海涵!

目 录

北欧神话

混沌时期是什么样子? ……………………………… 1

　　在洪荒时代,天和地还处在混沌状态。世界上既没有沙石,也没有大海,就连天空和大地也不存在,只有无穷无尽的虚无……

天、地和人来自何方? ……………………………… 4

　　辽阔的天空,美丽富饶的大地,还有分布在世界各地的人们,他们都是从哪儿来的呢?

硕大无朋的宇宙之树 ………………………………… 7

　　宇宙中心矗立着一棵无比伟岸的木岑树,它那茂密的枝叶覆盖了整个天地。它就是宇宙万物的源泉,具有旺盛的生命力……

亚萨神族的美丽的亚萨园 …………………………… 10

　　众神的家园亚萨园无比辉煌。这些宫殿一半是金子做成的,一半是银子做成的。众神首领奥丁的宫殿是一座用白银建造成的巨大无比的壮丽宫殿。凡是到达神国的人,一眼就能辨认出奥丁的宫殿……

亚萨园中的瓦尔哈尔宫 ……………………………… 15

　　在亚萨园中,瓦尔哈尔宫无比宏伟。瓦尔哈尔宫共有五百四十道大门,每一扇大门都宽阔无比,八百个盔甲武士可以同时进进出出……

守卫彩虹桥的海姆道尔 ········· 18

你想知道天上为什么会出现彩虹吗?答案就在下面这个故事里。

神族之间的战争 ················ 20

这是混沌初开以来的第一场规模宏大、场面惨烈的战争。双方浴血奋战,所有的矛头上都沾满了鲜血。由于势均力敌,战争持续了许多年……

奥丁盗取了灵酒 ················ 22

巨人苏特顿把灵酒放在山崖上的石窟里。他很吝啬,从来舍不得把酒给谁喝一点。神通广大的亚萨神们得知了灵酒的秘密,一心想得到它。于是,众神之主奥丁走出宫殿,偷盗灵酒……

夫雷的爱情诗 ·················· 26

当夫雷的目光掠过巨人国约顿海姆里的一个宫殿时,看到了一位非常美丽的姑娘。当她伸手推门的时候,阳光照耀在她那裸露着的雪白的手臂上,整个世界顿时格外明亮。从此,这个名叫格尔塔的巨人美女便占据了他的心灵,他陷入了爱情的无限烦恼中……

人类所居住的地方——中间园 ········· 30

是谁创造了人类?人类最初住在哪里?是谁在支配他们的命运?

奥丁在人间旅行 ················ 32

众神之主奥丁酷爱旅行,经常装扮成老人或巫师来

到人间,体察人间疾苦,惩恶扬善。在人类居住的中间园里,许多地方都留下了奥丁的神迹。

海姆道尔和人类的等级 ……………………… 35

　　海姆道尔是众神的首领之一,是人类的保护神。他曾到人类居住的中间园里游历过,把人类划分成了奴隶、自由人和贵族三个等级。

洛奇的恶作剧 …………………………………… 38

　　力量之神托尔的妻子西芙女神美丽、善良,金色的长发优雅无比。一天,顽劣的洛奇趁她睡觉的时候,剪掉了她的长发。托尔抓住了洛奇……

被绑在千年巨石上的芬里斯狼 ……………… 43

　　亚萨神们沉默了很长一段时间后,那最勇敢的泰尔站了出来,毫不犹豫地把右手放进了芬里斯狼的嘴里。众神立刻一拥而上,用软索把巨狼捆了起来,并且将绳索的一端牢牢地系在了那孤岛上的一块千年巨石上。

托尔夺回了神锤 ………………………………… 47

　　一天清晨,托尔醒来时发现神锤不见了。神锤怎么会突然消失了呢?托尔只好找到了洛奇,让他帮忙寻找铁锤……

托尔和巨人比武 ………………………………… 50

　　托尔离开亚萨园,打算去东方的巨人国。在途中,他遇到了一个巨人。在巨人的带领下,托尔来到了巨人国,并和巨人国国王进行了一场场惊心动魄的比赛……

侏儒变成了石头 ………………………………… 59

　　托尔的话刚说完,像所有见不得阳光的侏儒一样,

"全智者"已经变成了一块坚硬的石头……

托尔寻找巨锅 ·················· 61

为了寻找一口硕大无朋的酿造啤酒的锅,托尔乘着山羊车来到了巨人休弥尔所居住的巨人国。在同休弥尔的较量中,托尔取得了胜利……

托尔躲过了劫难 ·················· 64

为了逃命,洛奇向巨人发誓,他要让托尔赤手空拳来到约顿海姆,以便巨人们在托尔没有神锤的帮助下攻击他。

亚萨园中的女神们 ·················· 67

亚萨园中有许多美丽的女神,掌管着人类的爱情、婚姻和誓言。有的负责让男女彼此爱慕;有的则专门消除男女之间的矛盾,让有情人都成为恩爱夫妻;也有的则监督男女之间的山盟海誓,让负心的人受到惩罚……

伊敦女神和青春苹果 ·················· 69

伊敦女神和青春苹果突然失踪了,亚萨园中立即发生了危机。吃不上青春苹果的众神很快就开始衰老。他们头发变白了,失去了往日的青春活力……

爱情女神芙蕾雅的金项链 ·················· 73

一次,芙蕾雅来到侏儒国。在一家侏儒的作坊外,她看见里面有四个著名的侏儒刚刚打造出了一条美丽无比的项链。芙蕾雅立即钻进石洞,打算用重金买下这条项链。但是,四个侏儒既贪财又好色,他们故意拒绝了芙蕾雅的要求……

印加神话

赋予世界生命的人——帕查卡马克 ········ 76

很久以前,秘鲁所在的地方荆棘丛生,漆黑一片。一天,创世主帕查卡马克来到这里。他心血来潮,随手就造就了第一批人类和飞离走兽……

太阳神 ········ 79

一天,美丽的考伊拉坐在树下乘凉。太阳神变成一只美丽的小鸟,站在树上。他用自己的精液变成了一枚熟透了的果实。不久,考伊拉生下了一个男孩,她不知孩子的父亲是谁。于是,她乞求神明……

众神之家 ········ 83

帕查卡马克神走后,众神就在风景如画的尤凯侬山谷建立了众神之家。起初,大家相安无事,各自都小心翼翼。但是,时间长了,他们渐渐放肆起来……

寻找太阳之子 ········ 90

一天早晨,当太阳光刚刚照在喀喀湖心小岛上的那个小山洞的时候,太阳之子牵着一位贵夫人,披着金光,从洞里走了出来。他用金弹弓向石头上打了一弹……

亡国之兆 ········ 98

在预言声和太阳神的诅咒声中,印加帝国走到了尽头。从此,太阳的儿女的血统便不存在了……

玛雅神话

海神 ········ 105

突然,她感觉到水中有一只有力的手抓住了她。她非常恐慌。这时候,她听见一个非常温柔、动听的声音对她说:"你别害怕,我不会伤害你的。"

水神 ·········· 108

一天傍晚,当她洗完澡回家的时候,不知从哪里冒出一个男人。他对她说:"我住在海底的村子里,我注意你已经很长一段时间了。你愿意做我的妻子,跟我到海里去吗?"

印第安人的祖先——神女和灰熊 ·········· 111

这个红头发的小姑娘就和小熊仔们同吃同住,一起玩耍,一起长大。长大后,她就和灰熊妈妈的大儿子结成了夫妻。过了好几年,他们生下了一个孩子。这个孩子既不像父亲,也不像母亲……

小矮子和先知的金铃 ·········· 114

有一天,天刚蒙蒙亮的时候,老巫婆听见了初生婴儿尖厉的哭声。她走近一看,原来是从乌龟蛋里孵出了一个小男孩……

魔鬼桥 ·········· 117

雨并没停下来,洪水还在上涨,眼看夜色已经降临。这时候,一个声音在卡尔卡耳边低语:"马里克魔鬼会帮助你过河的!"

变成石雕的太阳女和牧羊人 ·········· 125

天黑下来的时候,太阳女和牧羊人逃进一个山洞睡着了。在梦中,他们听见了一声巨响,两人被惊醒了……

星星姑娘 ·········· 133

黎明时,他实在是倦极了,闭上了眼睛。他做了一

个梦,梦见一群穿着银白色衣衫、披着金色秀发的姑娘,飘然飞落他家的地里……

美国神话

幽灵 ································· **139**

一个人的妻子生病死了,他非常痛苦,一心想再见到她。鬼魂被他的痴情感动了,就带他去阴间寻找他的妻子……

和魔鬼结婚的女孩 ················· **144**

晚上,魔鬼出门买老婆。他买走了男孩杰伊的姐姐。第二天,男孩发现姐姐不见了。于是,男孩就在一根木头的带领下,寻找姐姐的下落……

北欧神话

混沌时期是什么样子？

在洪荒时代，天和地还处在混沌状态。世界上既没有沙石，也没有大海，就连天空和大地也不存在，只有无穷无尽的虚无……

在洪荒时代，天和地还处在混沌状态。世界上既没有沙石，也没有大海，就连天空和大地也不存在。在那混沌中间，只有一道巨大无比的鸿沟——金恩加鸿沟。那个鸿沟里空空荡荡，没有树木，也没有野草，只有无穷无尽的虚无。

在金恩加鸿沟的北方，有一片广袤的冰雪世界——尼夫尔海姆。在那万年冰川和积雪上面，笼罩着茫茫白雾，异常寒冷，而且暗无天日。有一股巨大的泉水，从尼夫尔海姆最深邃、最黑暗的地方奔涌而出，然后形成许多川流不息的河流。这些河流夹带着冰雪世界里的万年寒气，向金恩加鸿沟奔腾而来。当溪水流入鸿沟之时，立即就坠入了深邃无比的沟底，发出巨大的轰鸣声。而且，流水带走了尼夫尔海姆的无数冰块。经过了千万年，这些冰块慢慢地在金恩加鸿沟旁堆积成了许多冰丘。

在金恩加鸿沟南边，有一个名为摩斯比海姆的火焰之国。那里终年喷射着熊熊烈焰，是一个酷热难当的世界。一个名叫苏特的庞然大物手持光芒之剑，时刻守卫在摩斯比海姆旁边。

从火焰国中喷射出的冲天火焰，飞溅出了许多灼热的火星，散落在金恩加鸿沟两岸,有的甚至也落在了鸿沟旁的冰丘上。那些冰块很快就被融化成了水汽,然后又被从尼夫尔海姆吹来的寒风冻结起来。千万年以来,周而复始。而且,在这热浪和寒气的不断作用下,从这些冰丘里慢慢地孕育出了生命。庞然大物伊米尔就是这样诞生的。

　　伊米尔在混沌的世界里寻找食物,漫无目的地徘徊着。后来,他在冰丘附近遇到了母牛奥都姆布拉。这头巨大的母牛身下流淌着四股乳汁,汇成了四条白色的河流。庞大的伊米尔喝着奥都姆布拉的乳汁,奥都姆布拉则以冰雪为食。他们是洪荒时代里仅存的两个巨大的生灵。

　　又过去了若干年,伊米尔长得更加强壮。一天,他喝完牛奶,不知不觉地睡着了。这时候,他的双臂下面突然生下了一男一女两个小巨人。接着,他的脚下也降生了他的一个儿子。后来,从伊米尔的双臂下生出来的那对巨人结成了夫妻,生下了无数小巨人。他们有一个孩子叫密密尔,聪慧过人。从伊米尔的脚下诞生的那个巨人长着六个头,他非常邪恶。后来,他也有了许多子孙。不过,他的子孙大都是体形庞大的怪物,生性愚笨。伊米尔后来还生下了别的一些巨人。凡是伊米尔所生的巨人都被称为霜的巨人。他们是巨人世界的主人,也是世界秩序的破坏者和神祇们的敌人。

　　母牛奥都姆布拉日日夜夜舔食冰雪,四处寻找救命的盐霜。一天,当它用力舔食散落在石头上的盐霜时,它的舌头底下突然长出了头发。它继续舔着盐霜,第二天,就出现了一个完整的脑袋。到了第三天,它就舔出了一个活生生的人形。就这样,众神的始祖布里就诞生了。布里高大英俊,勇猛无比。而且,他性情温良。不久,他生下了儿子博尔。

　　博尔长大后,就娶了女巨人培丝特拉为妻。培丝特拉就是从伊米尔双臂下生长出来的那对巨人的女儿,也是智慧巨人密密尔的姐姐。博尔和培丝特拉不久生下了奥丁、威利和维这三个儿子。我们无法用语言来形容他们的高大和雄健。他们是伟大的神明,也是世界的

主人。

博尔的儿子们长大后,根本不愿意生活在这黑暗、寒冷和混沌的世界之中。经过周密的策划后,奥丁、威利和维这三位神祇就向洪荒世界的统治者——巨人的始祖伊米尔发起攻击。最后,他们杀死了他。不过,当伊米尔轰然倒下时,他的伤口处流出了滔滔鲜血,汇成了一条巨大的血水河。这条河流最后泛滥成灾,造成了洪荒世界里的第一场洪水,淹没了伊米尔身边生活着的那些霜的巨人。只有一个名叫贝格尔密的巨人和他的妻子,坐在一只像石臼的小船上,侥幸活了下来。在那以后的岁月里,众神之主奥丁常常回想起过去的时光。他说:

在创造大地之前,
在那无穷无尽的长冬里,
巨人贝格尔密诞生了;
我首先所能记起的,
是那机警的巨人,
平安地躲进了他的方舟。

躲过了这场空前的大灾难后,贝格尔密和他的妻子又生下了许多孩子。这"霜的巨人"一族,又开始代代繁衍。

天、地和人来自何方?

辽阔的天空,美丽富饶的大地,还有分布在世界各地的人们,他们都是从哪儿来的呢?

奥丁等杀死了庞大的巨人伊米尔后,打算创造一个舒适、美丽的世界。于是,他们开始不停地寻找材料。但是,除了冰雪和溪水外,他们的眼前什么也没有。他们感到很无奈。一天,奥丁站在伊米尔那正在腐烂着的庞大尸体前大声喊叫:"把伊米尔的尸体用来创造新世界!"

威利、维立即赞同奥丁的主意。于是,三位神明一起动手,肢解了伊米尔那巨大的身躯。他们把伊米尔的尸体放在金恩加鸿沟中间,把这个地方做成了大地。他们又用伊米尔的血造成了海洋和湖泊,用他的骨骼造成丘陵和山脉,用他的牙齿和零碎的胯骨造成了岩崖和卵石,用他的头发和胡子造成了树木和青草。

当大地造好后,三位神明又把伊米尔的脑袋安放在大地上,建成了天空。他们还把伊米尔的脑浆抛散到天空中,形成了云彩。为了防止天空突然掉下来,三位神明派了四个侏儒到东南西北四个角落去,用肩膀支撑住天空的四角。此后,这四个扛着天空的侏儒分别就叫东、南、西和北。奥丁、威利和维又从南方火焰国采集了许多火星,抛散到空中,形成了满天繁星,照亮了整个世界。

伊米尔死后不久,他的尸体开始腐烂,生出了许多蛆虫。这些蛆虫因为摄取了这位巨人之祖身上的精华,便成了一些富有灵性的生物。奥丁等神对这些蛆虫进行了裁决,于是蛆虫们都具有了类似人类的形体和智慧。而且,从尸体受光的一面生长出来的那些蛆虫就变成了精灵,从尸体背光一面生出来的那些蛆虫就变成了黑暗精灵。后来,人们称他们为侏儒。那支撑着天空的东南西北四个角的侏儒,也是从伊米尔的尸体中生出来的。

那些精灵们通体发亮,光艳夺目,非常美丽。他们性情柔和,热情开朗,可以和树木花草、游鱼飞鸟互相交流。因此,神明们就把他们当作朋友。他们帮助众神管理世界,主要承担的是管理日月星辰等方面的事务。

那些侏儒们非常丑陋,性情异常暴躁。他们的皮肤深黑,像沥青一样。他们十分贪婪好色、狡猾,而且特别爱撒谎。

当世界初具规模的时候,神明们就开始考虑创造一种完美的生物,让他们居住在这片美丽、肥沃的土地上。因此,神祇们常常在天地之间遨游,体会他们创造天地的业绩。有一天,当奥丁、威利和维在海滩上散步的时候,海浪冲上来了两截木头。其中一截是木岑树,另一截则是榆树。众神拣起了这些木头,想把它们作为创造人的材料。于是,他们用刀把木头雕刻成了两个人形。他们把那段木岑树雕成了一个栩栩如生的男人,而把那根榆木雕刻成了一个女人。然后,三位神祇就给他们灌注了生命。

奥丁把它们握在手里,赐给了他们生命和呼吸;威利赐给了他们灵魂与智慧;而维则赐给了他们体温和五官。于是,人类就这样诞生了。神的祖先把那个男人叫作阿斯克,意思是木岑树;把那个女人叫作爱波拉,意思是榆树。众神让他们生活在大地上,周围是茫茫的大海。众神还让他们结成了夫妻,他们不停地生儿育女。从此,人类就开始在大地上代代繁衍,一直延续到今天。

然后,神的祖先还在大地上的宇宙中心处,为自己圈定了自己的住所。那些通体发光的精灵们因为美丽、温和,就成了众神们的邻居。他们就在神国的周围建造了许多精致的精灵国。

众神在大地的东边划出了一块地方，让巨人们居住。那从洪水中逃出的巨人贝格尔密，就居住在这个被称为约顿海姆的巨人国中。后来，他也有了许多子孙后代。

那些黑色的侏儒们因为品性不好，众神就让他们居住在大地下，永远见不到光明。而且，他们一旦见了光亮，就会变成石头，或者熔化掉。因此，这些矮侏儒们只能生活在泥土下，或者岩石中。

智慧巨人密密尔的女儿很漂亮，她的皮肤黝黑，因此被叫作夜晚。夜晚常常骑着骏马在群星闪耀的天空里驰骋。后来，那精灵国里掌管光线的黎明精灵——德灵，爱上了美丽的夜晚姑娘。他们结成了夫妻，生下了英俊而光彩夺目的儿子白天。

在巨人国里，还有一个巨人生下了一双儿女。他们的女儿长得很美丽，光彩夺目，取名为太阳。他们的儿子英俊优雅，被叫作月亮。后来，众神把这两个出色的孩子带走了，让他们各自乘坐着大马车，随着昼夜的更替，分别在天空里巡行。

从此，女孩太阳发射着金光，紧紧跟随着白天。那个被称作月亮的男孩则发着银光，紧紧跟随着夜晚。

天空里有两条凶残的恶狼不停地追逐着太阳和月亮，一心想把他们吃掉，不停地冲着太阳和月亮咆哮。但是，为太阳拉车的那两匹神马无与伦比，它们分别叫亚维克和爱尔维斯。它们的鬃毛闪烁着金色的光芒，它们奔跑的速度谁也无法跟上。因此，那两条恶狼一直没能伤害太阳。当金色的太阳驶过西边的地平线，她就进入了黄昏精灵——比灵的宫殿。疲惫的太阳就在比灵为她铺好的华床上休息，比灵的仆从们仔细地伺候着她，保护着她。当晨曦再一次出现在地平线上时，太阳又踏上马车，匆匆奔驰在天空中。这时候，月亮正好驾车回到了比灵的黄昏宫殿。当月亮休息的时候，一群睡眠精灵打着哈欠围绕在他的身边。

就这样，大地上就有了昼夜之分。太阳和月亮轮流着送给人们光明。

硕大无朋的宇宙之树

宇宙中心矗立着一棵无比伟岸的木岑树,它那茂密的枝叶覆盖了整个天地。它就是宇宙万物的源泉,具有旺盛的生命力……

在宇宙的中心,矗立着一棵无比伟岸的木岑树——尤加特拉希。这棵巨大的木岑树就是宇宙万物的源泉,它具有旺盛的生命力,它那茂密的枝叶覆盖了整个天地。

这棵巨大的木岑树由三条巨大的树根支撑着。那三条树根分别通向神国、巨人国和冰雪世界尼夫尔海姆。在每一根树根末端,都有三眼泉水,为宇宙树提供充足的水分。

位于北面尼夫尔海姆中的那眼泉水——海维格尔玛,寒冷刺骨。那条凶恶的毒龙尼特霍格就盘踞在那里,日夜不停地撕咬着那伸入泉水的巨大树根。那毒龙是一个可怕的恶魔,他企图咬断宇宙树的巨大树根,毁灭这个美丽的世界。

约顿海姆的巨人国所在地,原本是金恩加鸿沟的所在地。智慧巨人密密尔看守着宇宙树的生命之泉,因此,这眼泉水就叫作密密尔泉。密密尔是巨人之祖伊米尔的儿子,从小聪明过人。当他负责看守泉水的时候,他已经是一位阅历深厚的老巨人了。

密密尔泉水里充满了知识和智慧,包括天地之间和九个世界里所发生的一切,都融汇在那清澈透明的泉水里。不管是神祇、精灵、巨人、侏儒还是人类,谁只要喝了密密尔泉水,就会知识渊博、智慧无比。但是,老巨人密密尔却寸步不离密密尔泉,谁也无法靠近泉边。因此,在天地之间没有哪一个生灵喝过密密尔泉水。

傍晚,当晚霞映照在清澈的泉水中,老密密尔就用一个精致的角杯舀一杯知识和智慧的泉水,心旷神怡地慢慢享用。随着时间的流逝,巨人密密尔更加衰老,由于他喝了知识和智慧的泉水,就变得越来越聪明,越来越智慧。他知道天地之间已经发生过的、正在发生的和将要发生的所有事情。也就是说,世界上没有他不知道的东西。

一天,奥丁碰巧来到了密密尔泉,看见老密密尔正拿着牛角杯在舀水。看着这晶莹剔透的泉水,奥丁心中突然涌起了获得知识和智慧的渴望。于是,奥丁对密密尔说:"睿智的密密尔啊,请让我喝一口这知识和智慧的泉水吧。"

"绝不可能!"

没想到,密密尔毫不犹豫地拒绝了奥丁。

奥丁继续请求密密尔说:"密密尔啊,你可知道知识和智慧是多么可贵?你可知道我渴求它们的信念是多么坚定?密密尔啊,我愿用我的一切换取一口珍贵的泉水,增加我的智慧和知识。希望您能答应我的请求!"

最后,密密尔被奥丁的话打动了。他说:"奥丁,你可真难缠呀!我可以答应你的请求,不过,你得牺牲你的一只眼睛,把它丢到泉水里!"

奥丁有点犹豫。不过,他还是很快就做出了决定,小心翼翼地挖出右眼,扔进了泉水里。那只眼睛稳稳地掉进了泉底,透过明净的泉水,它能够看到宇宙中已经发生过的所有事情,以及所有即将发生的事。

于是,奥丁就喝下了许多密密尔泉水,从此就知识渊博,更加智慧。因为他失去了一只眼睛,就被称为"独眼神"或"独眼老头"。同时,由于他智慧超群,又被称为"智者奥丁"。

宇宙树通往神国的那条巨根也连接着一眼泉水,被称为乌达泉。它比另外两眼泉大得多,看上去更像一个湖泊。乌达泉美丽无比,泉面平静如镜。乌达泉泉水发出悦目的光亮,照耀着神国和整个宇宙树。泉水圣洁无比,生活在水面上的那些动物周身雪白。它们在天地初开时就飞到了这儿,后来,人们就把这种动物叫作"天鹅"。

命运女神三姐妹乌达、维丹蒂和丝可特也生活在乌达泉边,她们是宇宙的守护者。她们每天都用圣洁的乌达泉水灌溉宇宙树,让它永远不衰老。当宇宙树身上出现裂口时,她们就用乌达泉边的白色泥土修补好。在她们的精心照料下,宇宙树尤加特拉希枝叶茂盛,四季常青。

此外,命运女神们还掌管着人类的生命线。其中,年龄最大的乌达负责纺织生命线,因此,人类就有了生命。女神维丹蒂排行第二,她主要负责用手捻线,测量出每个生命应有的长度。但是,维丹蒂喜怒无常,她捻出来的命运之线有时匀称美丽,有时却粗劣丑陋。因此,人类的命运也各不相同:有的人一生幸福快乐,有的人却命运悲苦。同时,她也测量出了不同的生命线长度,因此,有的人长寿,有的人则短命。

最小的女神丝可特手持一把剪刀,按照维丹蒂测量出来的生命线长度一一剪断。丝可特每剪一下,就有一个男人或女人走完自己的生命里程。

在宇宙树尤加特拉希的顶部,站立着一只雪白的公鸡吉伦卡马。命运女神姐妹命令这只白公鸡为天地万物计算时间。当所有的生灵睡眠时,白公鸡就开始数数。当它数完六十乘六十再乘十二这么多数目后,它就开始在宇宙树顶放声歌唱。这时,白天和太阳就从黎明和黄昏宫殿飞驰进辽阔的天空。

宇宙树最高的一根树枝上还栖息着一只巨大的雄鹰。当它扇动翅膀时,世界上就会刮起猛烈的风暴。那巨鹰和栖息在树根下的毒龙是一对天敌,它们彼此都虎视眈眈。此外,乌达泉边的树林里还生活着四头美丽的小鹿。

亚萨神族的美丽的亚萨园

众神的家园亚萨园无比辉煌。这些宫殿一半是金子做成的,一半是银子做成的。众神首领奥丁的宫殿是一座用白银建造成的巨大无比的壮丽宫殿。凡是到达神国的人,一眼就能辨认出奥丁的宫殿……

奥丁、威利和维三位神的祖先创造了大地和人类,还在宇宙的最中央划定了神的居所,建造了神国。从此,神祇们就开始建造家园。

奥丁常常旅行在外,既是为了不断丰富自己的知识和智慧,同时也是为了打发寂寞的时光和寻欢作乐。一次,奥丁在旅途中与一个名叫"大地"的女巨人相遇,他们彼此爱慕,在一起生活了一段时间。后来,大地就为奥丁生下了一个儿子,取名为托尔。不久,托尔就长得异常高大,力大无穷,成了众神的领袖、神国中的力量之神。

然后,奥丁又在巨人国爱上了美丽的姑娘芙莉格,打算娶她为妻。芙莉格也非常仰慕奥丁,但巨人们因为和神族之间有夙仇,加之奥丁风流成性,特别遭人厌烦,因此,他们的婚姻受到了双方的阻拦。于是,在一个月黑风高的夜晚,奥丁闯入巨人国宫中,打算带着芙莉格私奔。芙莉格穿上了她那巨人爸爸送给她的礼物"鹰的羽衣",与奥丁一道飞上了天空。他们飞回神国,还是结成了夫妻。芙莉格为奥丁生了很多孩子,包括巴尔德尔、布拉奇、泰尔和维达尔等几个儿子。此外,还有奥丁最钟爱的小女儿莎加。奥丁的儿女们长大后,纷纷成家立业,有了各自的后代。就这样,在神国中很快就繁衍出了一个兴旺的神族"亚萨神"。

家族在不断扩大,奥丁便率领众神大兴土木,先后建成了一座巨大无比的城池"亚萨园"。除了丰富的木材和铁器资源外,神的国土上还有"取之不尽,用之不竭"的黄金和白银。当然,亚萨园的宫殿都是用黄金和白银修建成的。因此,那个时代就称为黄金时代。

　　众神的家园亚萨园辉煌无比,每一位神祇都有属于自己的豪华宫殿。这些宫殿一半是金子做成的,一半是银子做成的,远远望去,金碧辉煌。奥丁的宫殿叫华拉斯盖亚夫,是一座用白银建造成的巨大无比的壮丽宫殿。凡是到达神国的人,一眼就能辨认出奥丁的宫殿。

奥丁那高耸入云的宫殿,
由无数箭镞和盾牌建成的屋顶
两翼布满了锁子铠甲。

所有来到这里的人很容易辨认出
奥丁那高耸入云的宫殿;
那西边的大门旁有巨狼蹲踞
蓝天里盘旋着翱翔的鹰。

　　那众神之主,只有一只眼睛的奥丁,常常坐在宫殿正中的宝座上。他穿着宽大的上衣和亚麻布做成的紧身马裤,戴着一顶宽边帽。他的身旁站立着两个侍女,分别叫列斯特和密斯特。奥丁的肩膀上栖息着两只乌鸦:一只名叫胡晋,意思是"思想";另一只名叫穆宁,意思是"记忆"。两条被驯服了的狼——格里和弗雷克,围绕在奥丁的膝盖下。

　　奥丁的宝座实际上是亚萨园里的一件神奇的宝物。每当奥丁坐在宝座上时,他就能够看到全世界正在发生的事。而且,他还能看见所有过去发生的事情,以及将要发生的所有事情。不过,那棵硕大无朋的宇宙树有时候也挡住了奥丁的视线。但是,他肩膀上的那两只乌鸦，每天在日落时便飞出亚萨园，一直飞到世界的尽头。清晨，它们就迎着满天朝霞飞回来。其中一只停在奥丁的左肩上，另一只则停在奥丁的右肩上。然后，它们就把在飞行中所见到和所听到的所有事情，都告诉给奥丁。因此，天下就没有奥丁不知道的事情。

在亚萨园中居住着许多伟岸强壮的亚萨神，还有许多美丽动人的女神。在众神中，共有十二位首领，他们常常和奥丁一起坐在宏大的宫殿里，议论世界上所发生的所有大事，或者聚在一起饮酒取乐。奥丁的大儿子托尔是这十二位神的领袖，他曾宣誓保护亚萨园。但是，托尔是巨人们的仇敌，常常和巨人交战，因此，他不常住亚萨园。奥丁和妻子芙莉格所生的儿子巴尔德尔是亚萨园的王子，他高大英俊，性情温和，最受亚萨园众神的爱戴。所有的亚萨神都希望他将来能继承奥丁的王位，成为亚萨园的主人。

奥丁的另一个儿子泰尔是亚萨园中最勇敢的神，因此，他理所当然就成了亚萨园中那些地位高的神的首领。他在战场上英勇无敌，故而变成了世界上一切战争的保护神。而且，他总是把胜利赐给勇敢的战斗者。与战神泰尔不同，奥丁还有一个儿子布拉奇，是那些性情温文尔雅的神的首领。布拉奇留着长长的胡子，一直垂到了胸口，看上去非常漂亮。他能言善辩，是一位伟大的诗人，具有出口成章的才华，还被尊称为诗歌之神。

海姆道尔和托尔一样，也负责保卫亚萨园，具体说来，他专门守卫亚萨园的大门。众神的首领之一，奥丁的瞎眼儿子霍德尔忠厚老实，力大无穷。不过，霍德尔的弟弟维达尔比霍德尔的力气还要大，在亚萨园中，他的力气仅次于托尔。维达尔生性寡言少语，但乐于助人。亚萨园中那些力气活儿，都由维达尔承担。

托尔的妻子西芙在嫁给托尔之前，曾生下了一个儿子，名叫优儿，也是亚萨神的首领之一。优儿住在亚萨园中的紫杉树谷里，射箭、狩猎和滑雪的本领很高。优儿对人类非常友好，把自己的本领毫无保留地教给了人类。因此，他被人们当作滑雪之神、狩猎之神和弓箭之神。

在众神的首领中还有一位叫作洛奇的,他原本是巨人的后代,因为早年和奥丁结拜成兄弟,所以,他在亚萨园中也坐上了首领的宝座。不过,后来他背叛了亚萨神,变成了毁灭世界的恶魔。

在天地之间,有一道最坚固的围墙,它高耸入云,绵延数千里,紧紧地环绕着亚萨园,是这座院子的天然屏障。当亚萨神们刚刚修建完亚萨园里的城堡和宫殿的时候,他们曾经告诉天下所有的生灵,希望寻找到世界上最伟大的工匠,为亚萨园修造一道最坚固的围墙。

于是,巨人国中一位最有名的工匠骑马应征。那是一个双手无比灵巧的巨人,他向众神宣称,只需要花费三个冬天的时间,就能够完成这项宏伟的工程。不过,他希望工程竣工后,能够娶美丽的女神芙蕾雅为妻。同时,他还希望能够拥有太阳和月亮。众神们根本不相信这个巨人能独自完成如此浩大的工程。但是,众神想捉弄他,假装答应了他的要求。不过,众神附加了更为苛刻的条件:他必须用一个冬天的时间完成全部工程,而且,还不能有任何人帮助。如果不能按期交工,他就会招致杀身之祸。

然而,这个巨人居然答应了如此苛刻的条件,接着便不慌不忙地开始投入工作。没过多久,他就建好了一堵崭新的围墙,而且,那围墙还以奇迹般的速度迅速增长着。众神们惊讶不已,他们这才发现,巨人来时所骑的那匹叫作斯华帝耳弗利的马,原来是一匹非同寻常的神骏。白天,它为巨人运来许多巨石;夜晚,它也不休息,不知疲倦地工作着。当春天即将来临时,一道巍峨的围墙就矗立在了亚萨园四周。而且,那尚未完工的一段围墙,马上就要完工了。

亚萨神们开始紧张起来了。按照协议,如果围墙在冬天结束前就竣工了,那美丽的芙蕾雅以及太阳和月亮,就得都属于这个丑陋的巨人了。于是,众神忧心忡忡聚集在一起寻找对策。巨人的儿子洛奇诡计多端,当众神都一筹莫展时,他却想出了锦囊妙计。

于是,洛奇从亚萨园的马厩中挑选出了一匹最漂亮、最风骚的母马。趁巨人睡觉的时候,洛奇牵着母马靠近了巨人的神骏斯华帝耳弗利。那母马发出了迷人的叫声,声音打动了那匹正在努力工作的神骏。于是,神骏停止了工作,跟随着母马走开了。就这样,那位可怜的巨人失去了他的神骏,当春天到来时,他仍旧没有修建好最后那一段围墙。在远方旅行的那个威猛无比的力量神托尔,风尘仆仆地赶回来后,使劲儿抡起神锤,砸烂了那巨人的脑袋。

神骏斯华帝耳弗利和母马来到了亚萨园山谷,它们在那儿产下了一匹有八只蹄子的小马驹,名叫斯雷普内尔。小马驹长大后,也成了一匹神骏,它的奔跑速度令人难以置信。奥丁就把它当作了自己的坐骑。

亚萨园中的瓦尔哈尔宫

在亚萨园中,瓦尔哈尔宫无比宏伟。瓦尔哈尔宫共有五百四十道大门,每一扇大门都宽阔无比,八百个盔甲武士可以同时进进出出……

在亚萨园中,瓦尔哈尔宫是最宏伟、最庞大的。它的巨大屋顶用无数箭镞和盾牌构成。瓦尔哈尔宫也是当时世界上最大的建筑物。

瓦尔哈尔宫共有五百四十道大门,每一扇大门都宽阔无比,八百个盔甲武士可以同时进进出出。那些在人间战争中牺牲了的英勇战士,都住在这儿。在战争中死去的国王、酋长和战士们在瓦尔哈尔宫就复活了,他们穿上亚萨神们赐给他们的盔甲,操持着锋利的武器,再次过上了战士生活。

由于奥丁特别喜欢战争,他就在人间挑起了无数场战争。因此,到瓦尔哈尔宫来的那些死亡的战士就越来越多,差不多有五千万人。不过,宏大的瓦尔哈尔宫仍然有足够的地方让他们居住。

每天清晨,这些复活了的战士在瓦尔哈尔宫中的广场上操练。他们的训练都是真刀真枪的生死搏斗,不少战士就在激烈的战斗中死去了。但是,到了黄昏,那些死去的战士会再次复活。第二天,他们仍将投入激烈的战斗。傍晚,搏斗了一天的战士们就聚集在那巨大的宴会厅里,享用丰盛的晚餐。

奥丁的美丽侍女们手持用兽角做成的巨觥,为战士们掛酒。这些甜美的酒,是直接从母山羊海德伦的乳房里挤出来的。海德伦是瓦尔哈尔宫中唯一的山羊,但它主要吃宇宙树尤加特拉希的叶子。因此,她的乳房里永远都涨满了香醇的蜜酒。

此外,瓦尔哈尔宫中还专门配备有一个技艺高超的厨师安德里门尔,为战士烹调食物。清晨,厨师安德里门尔从猪圈里拖出野猪山里姆尔杀掉,做成可口的莱肴。野猪异常庞大,它的肉足以让所有战士都吃饱。不过,野猪山里姆尔是不死的,它被杀后很快就复活了。奥丁常常来到瓦尔哈尔宫宴会厅,和这些身经百战的死亡战士共进晚宴。在宴会上,奥丁只喝一些从山羊海德伦乳房里挤出来的蜜酒,从不吃野猪山里姆尔的肉。因为他是一个伟大的神,不会吃普通的食物。

奥丁为什么要把那些在人类的战争中死亡的战士召集到瓦尔哈尔宫中,不断进行操练?这实际上牵涉到神国的一个巨大秘密——

神国亚萨园表面上宏伟壮丽,但它一直包裹在一个悲剧的阴影中。那是一个必然会得以兑现的预言,也是一个正在逐渐来临的结局,也就是众神和整个世界的最后命运。这个命运就是"雷加鲁克",它意味着众神和一切生灵的末日。不过,在亚萨园中,只有奥丁和他的妻子芙莉格知道"雷加鲁克"即将来临。此外,智慧巨人密密尔因为长年喝着知识和智慧的泉水,也洞悉了这个秘密。

然而,在那时候,预言具有许多禁忌。不管是神祇还是巨人,包括奥丁、芙莉格和密密尔,都不能泄露预言的秘密。当然,在他们心里,一直在为雷加鲁克的存在和即将降临忧虑无比。于是,芙莉格一天天变得更加沉默寡言,整天坐在纺车前纺织着神秘的金线。

奥丁也时刻担忧着雷加鲁克的降临。他知道以他和众神的力量,都不足以和这样的命运抗争。他唯一能做的,就是尽力推迟它来临的日期。于是,为了拯救世界上所有无辜的生灵,奥丁付出了巨大的努力和牺牲。奥丁努力增强自身的实力,尤其是自己的智慧和洞察力。于是,他在老巨人看守的密密尔泉边,献出了自己的右眼,期望能够增加知识和智慧。同时,他又修建了宏伟壮丽的瓦尔哈尔宫,派侍女华尔克莱们到人间战场上,挑选最勇敢的死亡战士,天天进行艰苦的训练。他所做的这一切,都是为了当雷加鲁克到来时,他们可以与那个毁灭世界的恶魔进行殊死决战。

在追求知识、智慧和洞察力的过程中,奥丁不断牺牲着自己。一次,在得到了一个神秘的预示后,奥丁就用长矛刺伤了自己,倒挂在树上。他在树上一直吊了九天九夜,什么也没吃,什么也没喝。

到了第九天,奥丁往下一看,他惊喜地高叫起来。因为他在树下发现了神奇的卢尼文字。当然,因为极度的惊喜和兴奋,奥丁便从树上重重地摔了下来。遭遇了如此巨大的皮肉之苦后,奥丁终于赢得了威力强大无比的卢尼文字。此后,他的外祖父和女巨人培丝特拉的父亲还教给了他九首富有神力的歌曲,同时还赐给他一种魔力非凡的蜜酒。这样一来,奥丁就能用卢尼文字的歌曲唱咒语,这种咒语几乎无所不能。最后,奥丁又把这种法术教给了亚萨神们和人类中的英雄。

奥丁说:

学着去唱它们吧,儿子们,
尽管学习是一个漫长的过程。
当你理解了知识的神奇,
你会发现它们非常有用。

于是,在悲剧命运到来之前,奥丁就叫众神学习用卢尼字母写的诗歌,期望他们能从中获得智慧和力量,可以在最后的决战中幸免于难。

从此,奥丁就成了人类崇拜的知识和智慧之神。

欧美神话故事

守卫彩虹桥的海姆道尔

你想知道天上为什么会出现彩虹吗？答案就在下面这个故事里。

亚萨众神经常来到乌达泉边的草地上，共同商讨天地之间的大事，或者开怀畅饮。美丽如画的乌达泉是由三位命运女神看护着的，平静如镜的水面上倒映着宇宙树那青翠茂盛的枝叶，以及生活在那树上的九个世界，其中也包括亚萨园和人世间的所有景象。那两只雪白的天鹅优雅地在水面上游来游去，四只美丽的神鹿在不远处的树林里奔跑。

为了方便众神游览这风景如画的乌达泉，众神之主奥丁便修建了一座七彩桥——比弗罗斯特。这桥从亚萨园大门口一直通往泉边，总共有红、橙、黄、绿、青、蓝、紫七种鲜艳的颜色。这实际上就是大地上的人们所看到的天上的彩虹。

比弗罗斯特彩虹桥非常宽阔。每天众神都骑着神骏通过大桥，从亚萨园来到乌达泉边的草地上开会。奥丁永远都跑在最前面，因为他的坐骑——八蹄的斯雷普内尔，是天上人间奔跑速度最快的马。留着一大把红胡子的力量之神托尔，是唯一不骑马赶来的神明。他喜欢徒步从彩虹桥下涉水前往泉边。

众神的首领之一海姆道尔的宫殿星堡就建筑在亚萨园的大门口，也就是那彩虹桥桥头。海姆道尔是海浪九姐妹的儿子，他身躯高大，英俊美貌。他的皮肤洁白如雪，常常被尊称为白神。海姆道尔的主要任务就是看守亚萨园的大门，不让亚萨神的敌人——巨人或者其他恶魔前来袭击和破坏。因此,他的宫殿星堡就修建在亚萨园的大门口。

海姆道尔住在星堡里,每时每刻都注视着亚萨园门前的一切情况。他的精力是那样的充沛,是天地间睡得最少的神或人。海姆道尔的眼睛在众神中是最锐利的,即使是在最黑暗的夜晚,他也能清清楚楚地看见数百里外的东西。海姆道尔的耳朵是众神中最敏锐的,能够清楚地听到青草在大地上生长的声音,还能够听见羊毛生长发出的声音。因此,海姆道尔一直是一个称职的守护神。

海姆道尔的身边还有一只神奇的号角,他一旦发现了敌人,就会吹响这个号角,警示众神准备投入战斗。当海姆道尔吹响号角的时候,那声音是如此嘹亮,宇宙树上的九个世界都能听到它的声音。

海姆道尔正直善良,是人类的保护神,也是火焰之神。海姆道尔个性刚直,仇视一切巨人。他非常讨厌奥丁的结义兄弟洛奇,尽管洛奇也位列亚萨神的首领席,频频出入亚萨园,海姆道尔照样时时对他怒形于色。为此,海姆道尔也常常被称为"洛奇的敌人"。

据说,有一次,洛奇搞恶作剧,偷了红胡子神托尔的妻子西芙的项链。当时,托尔正和东边的巨人打仗。这事被海姆道尔知道后,便自告奋勇地去追击洛奇。洛奇看到海姆道尔追来后,慌乱中就变成了一头海豹,游向了一座小岛。但是,海姆道尔立即也变成了一头海豹,上岛抓住了洛奇,将他痛打一顿,并夺回了西芙女神的项链。

神族之间的战争

这是混沌初开以来的第一场规模宏大、场面惨烈的战争。双方浴血奋战,所有的矛头上都沾满了鲜血。由于势均力敌,战争持续了许多年……

很久以前,天地之间除了亚萨神们以外,还有一支古老的神族——华纳神族,他们居住在一个叫作华纳海姆的地方。华纳神族中的众神都孔武有力,他们既是伟大的战士,也是天地万物的守护者。

在亚萨神族建造起豪华宏伟的宫殿之前,亚萨神族和华纳神族之间爆发了一场旷日持久的战争。战争的起因是这样的:一个名叫格尔薇克的女华纳神,带着华纳神族的使命来到了亚萨园。她想和亚萨诸神讨论,他们各自代表的两大神族,谁更应该受到人类的顶礼膜拜。亚萨诸神觉得她来意不善,众神之主奥丁首先掷出了手中的长矛,表示宣战。于是,众神纷纷向格尔薇克发起了攻击。然而,格尔薇克魔力非凡,虽然众神刺杀了她三次,烧死了她三回,但她还是复活了。亚萨神的暴行激怒了华纳神族,他们就正式向亚萨神们宣战。

这就是世界混沌初开以来,第一场规模宏大、场面惨烈的战争。双方都在战场上浴血奋战,所有的矛头上都沾满了敌人的鲜血。由于双方势均力敌,战争持续了很多年,两个神族都遭受了巨大的人员牺牲。

最后,双方都厌倦了这场旷日持久的战争,也厌倦了彼此血腥的杀戮。于是,他们开始和谈。为了长久保持两大神族之间的和平,不让战火在神的世界中再度燃烧起来,双方决定互相派遣人质。亚萨神族把海纳和智慧巨人密密尔当作人质,交给了华纳神族;而华纳神族则把他们最杰出的诺德,和他的一对孪生儿女夫雷和芙蕾雅,送到了亚萨园当作人质。被送到华纳海姆的人质海纳是亚萨神中的首领之一,高大强壮,十分英俊。他的腿特别修长,尤其善于奔跑。但是,他的智力比较低下,性情木讷,尤其不善于表达。正因为如此,奥丁就让智者密密尔和他同行。

起初,亚萨神海纳和密密尔来到华纳海姆后,受到了华纳神的热情欢迎,甚至还让海纳当了一个不大不小的首领。渐渐地,华纳神们发现,在所有的场合都是密密尔这个老头子在喋喋不休,回答华纳神们提出的各种问题。一旦密密尔不在海纳身边,海纳几乎就什么也不知道了,哪怕是一个最简单的问题,他也回答不上来。因此,华纳众神非常愤怒,他们觉得受到了亚萨神的欺骗。他们根本就没有想到,他们用最出色的诺德、夫雷和芙蕾雅,换来的却是一个喋喋不休的老人和一个天生愚笨的家伙。于是,华纳众神在盛怒之下砍下了密密尔的脑袋,派人送到了亚萨园,表示他们强烈的愤怒和不满。

亚萨园众神收到密密尔的脑袋后,感到无可奈何。一方面是因为他们本来就有欺诈之心,不在理;另一方面,他们确实不希望再挑起战火。就这样,事情就不了了之了。

奥丁找来草药,涂在密密尔脑袋的伤口上,并念起了卢尼文字的咒语。不久,密密尔那充满知识和智慧的脑袋奇迹般地复活了。从此,奥丁把密密尔的脑袋放在了内室里。当奥丁遇到疑难和困惑的时候,就念动咒语,请教密密尔。

奥丁盗取了灵酒

巨人苏特顿把灵酒放在山崖上的石窟里。他很吝啬,从来舍不得把酒给谁喝一点。神通广大的亚萨神们得知了灵酒的秘密,一心想得到它。于是,众神之主奥丁走出宫殿,偷盗灵酒……

当亚萨和华纳两大神族缔结和平协议的时候,众神们的意见各不相同,会议因此陷入了长久而混乱的争执中。为了终止这无休无止、毫无结果的争论,众神最后一致同意不再胡乱发表意见。大家都往一个陶罐里吐唾液,表示信守诺言和不再浪费口舌。于是,那互相派人质去对方的和平协议很快就定下来了。

当两大神族中的每一位神的唾液混合在陶罐里,这些带着各种不同力量和智慧的神物互相作用后,一个新的生命竟然从这罐唾液中诞生了。这是一个名叫卡瓦西的男人,他个子矮小,非常聪明。因为他的身上汇集了众神的智慧,因此他能随时随地解答出各种疑难问题。卡瓦西尤其喜欢旅行,他在天地之间浪迹。他每到一个地方,就教给当地的人们各种各样的智慧和知识。

一天,卡瓦西来到了侏儒国,遇上了两个狡猾、妒忌心特强的侏儒法牙拉和戈拉。这两个侏儒特别妒忌卡瓦西渊博的学识和过人的智慧,就产生了不良之心。他们谎称有要紧事和卡瓦西密谈,把他骗到了一个阴森幽暗的岩洞里。这两个狠心的侏儒残忍地谋杀了聪明的卡瓦西,让他的鲜血流进了两个陶罐里。然后,他们又用一罐蝇蜜,和卡瓦西的两罐鲜血混合在一起,在一口大锅中酿出了一种蜜酒。卡瓦西的鲜血也充满了神奇的力量。因此,两个侏儒酿造的这种蜜酒,也成了一种神奇的灵物。任何人只要喝上一口,不仅会变得聪明,而且马上就能成为一个吟唱诗人。

侏儒们酿造出这种灵酒后,分别装进三个罐子珍藏起来。同时,他们又四处散布谣言,说卡瓦西是一个喜欢卖弄小聪明的人,早晚会在什么地方自取灭亡。当然,他们这样做的目的就是为了掩盖自己的罪行。

不久,这两个侏儒打算航海远行。他们请了一个名叫吉灵的巨人为他们摇船。于是,巨人吉灵把妻子留在岸上,就同这两个侏儒出发了。在航行途中,巨人无意间得罪了两个侏儒。回程的时候,侏儒们竟然故意把小船撞向了一堆礁石,小船立即翻了。那巨人不会游泳,被淹死了。两个凶恶的侏儒装作什么也没有发生,立即翻过小船,若无其事地回到了岸上。吉灵的妻子得到丈夫被淹死在大海里的噩耗,放声痛哭。她的哭声绵延不绝,让天地感动。两个侏儒非常厌烦她的哭声,于是他们哄骗巨人的妻子到海边去祭奠丈夫。当她经过一座大拱门的时候,其中的一个侏儒狠毒地从拱门上推下一块巨石,把她砸死了。

这对被谋杀的巨人夫妻的儿子叫苏特顿,他在约顿海姆的威望很高。当他的父母被那两个侏儒无辜杀害的消息传到巨人国,苏特顿就愤怒地来到了侏儒国。他在岩洞里抓住了这两个心狠手辣的家伙,然后把他们带到了海上。苏特顿把他们绑在了一个恶浪滔天的礁石岛上,让他们遭受恶浪的冲击而死。两个侏儒惊恐万状地请求苏特顿饶命,他们说愿意把三罐灵酒送给苏特顿。巨人听说过这种神奇的灵酒,因此就同意了侏儒的请求。

巨人苏特顿把三罐灵酒带回家,把它当作无价之宝。他专门在尼特堡山崖上开凿了一个石窟,把灵酒放在里面。由于大家已经知道灵酒的秘密,为防不测,苏特顿又让他的女儿庚莱特住在石窟里,日夜守护着灵酒。苏特顿很吝啬,从来舍不得把酒给谁喝一点。

神通广大的亚萨神们得知了灵酒的秘密,一心想得到它。一天,奥丁走出宫殿,向尼特堡走去。当奥丁来到距离尼特堡不远的一个庄园里的时候,他看见九个仆人正用大弯镰刀割草。他们的镰刀很钝,这些人割起来很吃力。奥丁就对他们说:"我有一块非常有用的磨刀石,可以帮你们把镰刀磨快。你们割草就不会这样吃力了。"然后,奥丁就从腰间解下了磨刀石,把仆人们的镰刀磨得非常锋利。

这些仆人看到这块神奇的磨刀石,都想据为己有。于是,他们争先恐后要买奥丁的磨刀石,立即争吵了起来。奥丁装出很胆小的样子,把磨刀石抛向了空中。他说:"你们谁抢到了它就是谁的!"

这些愚蠢的仆人们为了得到这块磨刀石,扭打成一团。一场混战之后,他们用锋利的镰刀割断了对方的脖子,全都死去了。傍晚,奥丁来到了这个庄园的主人家,请求借宿。庄园主叫保吉,是巨人苏特顿的兄弟。他愁眉苦脸地对奥丁说:"我那九个愚蠢的仆人今天莫名其妙地互相割断了脖子,而现在正好是割草的季节,我到哪里去找这么多的仆人来帮我的忙?"

于是,奥丁就建议庄园主说:"我可是一个干活儿的能手,能够一个人干完九个人的活。不过,我不要报酬,我只要你从你兄弟苏特顿那里帮我要一口灵酒喝!"

保吉为难地说:"灵酒可是苏特顿的命根,我不能保证一定能为你弄到。不过,如果你真能帮我做完九个人的活,到时候我一定会想方设法让你喝上一口灵酒的!"

于是,整个夏天,奥丁就成了一个能干的农夫。他特别卖力地做着原来需要九个人才能做完的农活。巨人保吉对他的表现非常满意。当冬天到来的时候,保吉就带着奥丁来到了苏特顿的住处,百般请求兄弟给这个勤劳能干的农夫一口灵酒喝。但是,吝啬的苏特顿断然拒绝了保吉的请求。

离开苏特顿的住处后,保吉为了酬谢奥丁,决定帮他盗取灵酒。于是,他们带着钻子,来到了藏着灵酒的尼特堡的山崖。在奥丁的鼓动下,保吉用钻子在山崖上钻了一个深洞,一直通往藏灵酒的石窟。当保吉钻通石壁后,奥丁就变成了一条蛇钻了进去。保吉钻通石壁后虽然有点后悔,但也无可奈何,只好一声不吭地回家了。

　　奥丁钻进石窟,首先碰上了巨人的女儿庚莱特。他花言巧语,骗得了庚莱特的爱情。于是,他们在石窟里度过了三个美好的夜晚。被爱情弄得晕头转向的庚莱特答应奥丁,当他离开的时候,一定会让他喝上三口灵酒。奥丁就趁机在每一个装灵酒的罐子里都喝了一口。事实上,他一口就把罐中的灵酒都喝光了。奥丁把三罐灵酒都含在嘴里,走出了尼特堡。然后,他立即变成了一只鹰,飞向了亚萨园。

　　巨人苏特顿闲坐在家中,无意间看见一只鹰从尼特堡的山崖中飞了出来,顿时起了疑心。于是,他也变成了一只鹰,立即追了上去。

　　因为口里含着三罐灵酒,奥丁飞行起来很不方便。苏特顿看出了破绽,穷追不舍,形势非常紧张。临近亚萨园的时候,苏特顿眼看就要追上奥丁了。亚萨园众神看见两只鹰一前一后飞过来,知道奥丁把灵酒已经弄到手,纷纷爬上亚萨园围墙,在墙头上一字排开了许多罐子。当奥丁飞到围墙的时候,他就把灵酒吐在了这些罐子中。巨人苏特顿看见亚萨诸神都在墙头上呐喊,知道自己寡不敌众,只好气恼地飞走了。

　　奥丁盗得了灵酒后,就把它们分赠给了亚萨神、精灵和人类中的智者。凡是喝了灵酒者,都成了伟大的吟唱诗人,写出了许多动人的诗篇。不过,在奥丁被巨人追击之时,有一些灵酒被吐到了罐子外面。喝了罐子外面那些灵酒的人,都成了虚假的诗人,他们写出的诗篇都很矫揉造作。

夫雷的爱情诗

当夫雷的目光掠过巨人国约顿海姆里的一个宫殿时,看到了一位非常美丽的姑娘。当她伸手推门的时候,阳光照耀在她那裸露着的雪白的手臂上,整个世界顿时格外明亮。从此,这个名叫格尔塔的巨人美女便占据了他的心灵,他陷入了爱情的无限烦恼中……

华纳神族中的诺德、夫雷和芙蕾雅被当作人质送到了亚萨园后,他们充分展现出巨大的智慧和才能,因此就成了亚萨诸神中的重要成员,取得了非凡的地位。

诺德在亚萨园仍旧掌管海洋、渔业和港口,统治着风暴、海浪和火焰。那些从事航海和渔业的人特别崇拜诺德,他们在出海前都要虔诚地向他祈祷。而诺德也非常慷慨,经常让那些求助他的人们心满意足。

巨人塞亚西曾经企图抢夺亚萨园的青春女神和青春苹果,结果却被亚萨诸神诛杀。后来,塞亚西的女儿丝各蒂来到亚萨园报仇。丝各蒂年轻力壮,经常穿着雪靴在深山老林里射杀凶猛的野兽。她头戴金盔,身穿锁子甲,手持长矛弓箭,杀气腾腾地来到了亚萨园。

亚萨众神看到这个野性十足的女巨人,不知道他们是出于什么样的考虑,非常客气地接待了她。他们还千方百计让她平息怒气,希望她能和亚萨诸神和解。最后,丝各蒂答应不再复仇,不过,得允许她挑选一位亚萨神作丈夫。此外,亚萨诸神还得想办法让她大笑一次。为了不让她挑瘦拣肥,众神就把身体的其他部分严密地遮盖起来,只允许她根据双脚来挑选。

女巨人丝各蒂早就听说亚萨园里的王子巴尔德尔英俊无比,而且性情温良,便有心挑选巴尔德尔作为丈夫。当她仔细观察众神露出的双脚时,发现其中有一双脚异乎寻常地漂亮,皮肤洁白无瑕。丝各蒂断定只有巴尔德尔才会有这么一双漂亮的脚,她忍不住高声叫喊了起来:"就是你吧!"

可是,那个被选中的并不是巴尔德尔,而是来自华纳神族的诺德。因为诺德掌管着海洋和港口,他常年居住在海边,他的双脚被海浪冲洗得无比美丽、洁白。因此,诺德就和丝各蒂结成了夫妻。

挑选出了丈夫后,亚萨神还得让丝各蒂大笑一次。洛奇站了出来,施展了他的邪门本领。洛奇把一头山羊牵到大庭广众之下,用绳子一端系住山羊的胡子,另一端则栓在自己的生殖器上,与山羊拔河。最后,洛奇和山羊都跌倒在地,洛奇还假装滚倒在丝各蒂的石榴裙下,出尽了洋相。丝各蒂因此被逗乐了,她和亚萨神之间的恩怨也就一笔勾销了。后来,奥丁还把她父亲的眼睛抛上了天空,变成了两颗闪耀的星星。

可是,诺德和丝各蒂在一起生活得并不幸福,因为他们的生活习惯和爱好相差太远,根本无法找到共同语言。诺德长期住在海边,日日夜夜倾听着浪涛之声,他喜欢海鸟优雅的飞翔,喜欢看日落日出时的壮丽。可是,丝各蒂生长在深山老林,更喜欢倾听野兽的吼叫和百鸟的歌唱。开始,他们还能互相迁就,但时间长了,彼此都无法习惯对方。于是,他们就商定:每九天住在丝各蒂山上的住所里,下一个九天则住在诺德海边的宫殿里。可是,当诺德在山中住满九天回来后,竟然大发牢骚,好像遭受了九天的罪。因此,他发誓从此再也不去那深山老林,不想再听见野狼的嗥叫。同样,当丝各蒂在海边住了九日后,也是满肚子的怨气。她说那讨厌的浪涛声弄得她整夜睡不着。最后,他们便成了名义上的夫妻,根本不能生活在一起。

和诺德结了婚,丝各蒂就沾染上了不少神的气息。后来,丝各蒂也成了一位亚萨女神。因为她经常穿着雪靴,矫健地奔跑在山林中,所以又被尊称为"雪靴女神"。

诺德的儿子夫雷英俊高大,在亚萨神中的地位也非常显赫。夫雷统治着所有精灵,雨水、阳光和大地上的瓜果都由他管理。而且,他赐给人类的通常是和平与丰收。

亚萨园里的夫雷有一件足以与奥丁的八蹄神马和托尔的神锤相提并论的宝物,那是一条被称为斯基德普拉特尼的宝船。和托尔的神锤一样,这条宝船也是由最能干的侏儒精心打造后送给亚萨神的。斯基德普拉特尼宝船能够装载下所有的亚萨神和他们的武器。而且,当它扬帆航行之时,不管他往哪个方向行驶,都是顺风顺水,航行起来又快又稳。当不需要它的时候,夫雷就把它折叠成手帕大小,装在衣服口袋里。

有一天,众神之主奥丁离开了亚萨园,夫雷悄悄地走进了他的宫殿,坐在他的宝座上偷看世界的秘密。夫雷看到了全世界的各个地方,包括人间、精灵国、巨人国和侏儒国。

当夫雷的目光掠过巨人国约顿海姆里的一个宫殿时,看到了一位非常美丽的姑娘正从大厅中走出来。当她伸手推门的时候,阳光照耀在她那裸露着的雪白手臂上,整个世界顿时就显得格外光明。夫雷离开奥丁的宫殿时,感到非常沮丧和悲苦,因为那个名叫格尔塔的巨人美女占据了他的心灵,他陷入了爱情的无限烦恼中。

回到自己的宫殿后,夫雷开始不吃不喝也不说话。他沉默而忧伤。夫雷的仆人见此情景,也不敢上前询问,只好悄悄地告诉他的父亲诺德。诺德听说后,非常不安。于是,他把夫雷最亲近的侍从斯基尼尔叫来,让他为夫雷排解忧伤。

斯基尼尔非常聪明,他来到夫雷的床边,首先向夫雷聊起了往日的情谊,还适当地奉承了夫雷几句,终于让夫雷吐露出了真情。此刻,夫雷沉浸在爱恋格尔塔的痛苦中,还说要是得不到美丽的格尔塔,宁愿立即死去。

于是,忠诚的斯基尼尔决定替主人前往巨人国,向巨人的女儿格尔塔求婚。临行前,夫雷交给他两件宝物。一件是夫雷的骏马,它能够跨越到达约顿海姆所必经的一堵火焰墙;另一件是夫雷的一柄宝剑,当主人遇到危险的时候,它能自己投入战斗。

斯基尼尔骑着骏马,跨过了火焰墙,来到了格尔塔所居住的宫殿。因为看门人不许斯基尼尔进去,他们发生了激烈的争吵。争吵声惊动了宫中的格尔塔,她弄清楚了这名亚萨神的使者的来意,便客气地请斯基尼尔到了她的房中,还端上蜜酒给她喝。

斯基尼尔送给格尔塔十一个用纯金打造的苹果,以及一只神奇的金手镯。这只手镯即是侏儒们送给奥丁的神物,每过九个夜晚,它就会生出八只同样的手镯。遗憾的是,美丽的格尔塔一点也不为这些金苹果和金手镯所动,断然拒绝了夫雷的爱情。

斯基尼尔见利诱不成,便拔出宝剑相威逼。他声称,如果格尔塔不答应他的要求,这把神剑就会送她到死亡之国。在那里,格尔塔将和一个有三个头的怪物生活在一起,再也见不到任何神祇和人类。而且,格尔塔也将变得丑陋无比,甚至还会发疯,永远过着地狱般的生活。斯基尼尔还装模作样地对着神剑念叨卢尼文字的咒语,威胁说一旦他念完了咒语,那可怕的命运就会立即降临在格尔塔头上。

最后,格尔塔被迫答应在九个晚上后,到树林中与夫雷约会。

当夫雷知道还要等九个晚上才能与心上人相会时,他忧伤不已,写下了著名的爱情诗:

一夜无比漫长,两夜不可等待,
我怎么能度过,三个夜晚;
爱河深处的半个夜晚啊,
比一个月的时间还要漫长。

后来,夫雷和格尔塔幸福地生活在一起,一直到世界毁灭的那一天。

人类所居住的地方——中间园

是谁创造了人类？人类最初住在哪里？是谁在支配他们的命运？

当神的祖先奥丁、威利和维用木岑木和榆木创造出人类的祖先阿斯克和爱波拉之后，他们就居住在用伊米尔的肉体创造的大地的中央。为了防止他们遭到巨人或者其他邪恶生灵的伤害，神祇们又把伊米尔的眼睫毛当成栅栏，在大地中央围成了人类的家园——中间园。阿斯克和爱波拉就在这儿建造起了自己的家园，生下了许多子孙后代。从此，人类就在这片土地上繁衍开来。不过，人类是那么渺小，他们永远也无法走出伊米尔的眼睫毛。

那时候，人类非常脆弱，他们无法主宰自己。他们的生命、健康、财富和命运，全都被乌特泉边那三位命运女神操纵着。年复一年，她们随心所欲地纺织、测量和剪裁着人类的命运之线，任意决定人类寿命的长短、健康状况以及财产的多少。

而且，人类永远也不知道，他们生活着的大地，只不过是九个世界中的一个。他们永远也无法走到辽阔世界的尽头，仅仅是宇宙树尤加特拉希中间部分的枝干而已。那树枝表面凹凸不平的地方，就被人类称为高山和峡谷；树枝表面洼下去积了水的地方，被人类称为湖泊和海洋；树枝上生长了青苔的地方，被人类称为森林。

在人类的大地上面，有火焰国摩斯比海姆、精灵国爱尔夫海姆以及神国亚萨园。亚萨园里的神祇们是人类的保护神，掌管着人类的知识、智慧、诗歌、历史、和平、战争、力量、财富、狩猎、渔业、海港、爱情、婚姻、生育等各种事情。而那些在人类战争中牺牲的勇士，则被挑选到亚萨园中的瓦尔哈尔宫，继续为神祇服务。

在大地外面，和人类并居着巨人国约顿海姆，还有华纳神的家园华纳海姆。居住在约顿海姆的都是一些强壮有力而性情邪恶的巨人。他们既是亚萨神的敌人，还随时企图破坏人类的中间园。

大地下面是侏儒们居住的黑精灵国、冰雪世界尼夫尔海姆和海儿的死亡之国。侏儒离人类最近，就住在大地下面的岩石洞穴里，或者在那黑色的土壤下面。他们个子矮小，藏在太阳无法照射到的地方。当黑夜来临的时候，他们有时也来到人类的中间园，向人类借东西，或者与人类做生意。他们通常是人类的朋友。海儿是死亡之国的主人，所有因为疾病和衰老而死亡的人类，都会到达她的死亡之国中的巨大宫殿中。

奥丁在人间旅行

众神之主奥丁酷爱旅行，经常装扮成老人或巫师来到人间，体察人间疾苦，惩恶扬善。在人类居住的中间园里，许多地方都留下了奥丁的神迹。

众神之主奥丁酷爱旅行，因为他知道，旅行能够不断增加他的知识和智慧。奥丁经常装扮成老人或巫师来到人间，体察人间疾苦，也惩恶扬善。因此，在人类居住的中间园里，许多地方都留下了奥丁的神迹。

在许多年前，人间有一个国王，他有两个儿子，分别叫安格纳和吉洛德。当安格纳十岁、吉洛德八岁时，有一次，兄弟俩摇着小船在河中捕鱼。突然，刮起了一阵大风，把他们的小船吹到了遥远的大海上。小船随风漂流了很长一段时间，最后搁浅在一片海滩上。这时候，天已经黑了。

于是，兄弟俩就弃船上岸，在黑暗中摸索着向陆地走去。不久，他们来到了一个农夫家。这家人没有孩子，农夫夫妻精心地照料着小兄弟俩。兄弟两人在农夫家里度过了整整一个冬天。那农妇照料和教育年长的安格纳，而农夫则照料年幼的吉洛德，教给了他们许多知识和智慧。

春天到来时，农夫给了兄弟两人一条小船，让他们返回故乡。农夫夫妻动情地把他们送到海边，挥手告别。临上船的时候，农夫又把吉洛德叫到一边，神秘地向他泄露了一些秘密。

安格纳和吉洛德摇着小船，顺利地回到了父王的国土。但是，就在他们靠岸的时候，站在船头的吉洛德一下子跳上了岸滩，然后转身用力把小船推开。一阵大风吹来，那载着安格纳的小船又向海中漂去。吉洛德就是按照农夫的吩咐，无情地把安格纳推进了大海。他还得意地对远去的兄弟喊："你随便漂到哪里去吧！"

接着，吉洛德独自回到了父王的宫殿。那时候，老国王刚刚去世，大臣们看见王子平安归来，都非常高兴，便拥戴吉洛德做了国王。

许多年过去了。一天，众神之主奥丁和他的妻子芙莉格坐在亚萨园中聊天。他坐在那把神奇的宝座上，俯瞰各个世界里的情景。他无意中看见中间园中的新国王是吉洛德，这让他突然回想起许多年前，他和芙莉格装扮成农夫和农妇，在海边将那两个年幼的兄弟抚养了一个冬天的事情。

于是，奥丁转身对芙莉格说："你还记得那两个人类的年幼兄弟吗？你抚养过的那个安格纳，现在大概在山洞里忙着和女巨人生儿子吧？你看我抚养的吉洛德，已经当上了人间的国王，正忙着治理他的国家呢！"

芙莉格知道，奥丁为了和她斗智，有意让幼年的吉洛德回家时暗算他的兄弟。这样，奥丁就足以向她显示，他的神力远胜于芙莉格。

芙莉格不想说穿丈夫的心思，说："可惜，吉洛德国王是个暴君。他甚至还会无缘无故地虐待自己的客人！"

奥丁看着芙莉格，不太相信她说的话。他决定亲自前往中间园，暗暗察访吉洛德国王的品行。但是，当芙莉格知道奥丁的计划后，立即派贴身侍女芙拉，在奥丁出发前就去拜见吉洛德国王。芙拉对吉洛德说："一个神通广大的巫师就要来到您的国家，这个巫师会使用妖术，因此，您一定得预先提防。虽然这个巫师精于变化，但还是很容易辨认出来的。当然，因为他神通广大，那些能认出他的狗也不敢叫嚷。"

说吉洛德国王性情暴虐，不善待人，那其实是对他的诽谤。但是，吉洛德因为听了芙拉的话,不知道事情的真相,就号令天下,捉拿那个即将到来的巫师。没过多久,装扮成巫师的奥丁就被武士抓住了。奥丁穿着一件深蓝色的宽大上衣,自称叫格里姆尼尔。除此之外,格里姆尼尔拒绝回答任何问题,而且,他的态度非常强硬。为了弄清他的底细,吉洛德国王下令对他进行严刑拷打。打手们用烈火烧烤奥丁,一直烤了八天八夜。八天之中,奥丁滴水未进,被折磨得死去活来。

吉洛德国王有一个八岁的儿子,和他伯伯的名字一样,也叫安格纳。小安格纳对这个被大火烤了八天八夜的可怜的老人非常同情。他偷偷地用一个牛角杯盛满了水,端给老人喝。小安格纳对奥丁说:"吉洛德国王无缘无故就拷打你,这样做很不公平!"

受尽折磨的奥丁接过牛角杯,喝了一口水。这时候,那火盆中的火已经烧着了他的深蓝色上衣。在火光映照下,奥丁对小安格纳吟唱起了一首诗歌。那歌详细地叙述了世界和人类的起源、统治世界的众神,以及神国亚萨园里的情景。最后,他告诉安格纳,他自己就是世界的最高统治者奥丁。

这时候,吉洛德国王走了进来,他手持宝剑坐在一边,和安格纳一起听老人的吟唱。由于诗中充满了他闻所未闻的博大知识,他被深深地吸引住了,而且,不知不觉中他松开了宝剑。最后,当吉洛德听到这个自称格里姆尼尔的巫师就是众神之主奥丁本人时,不由得大吃一惊,起身打算把奥丁从火焰中拉出来。然而,当他起身的时候,那把松开在他膝盖上的宝剑滑落在地。他拉奥丁起来的时候,一下子绊倒在宝剑上,当场就被刺死了。

吉洛德死后,他的儿子安格纳当上了国王。安格纳因为深受奥丁的教诲,特别善于治理国家。在他统治时期,他的国家风调雨顺,人民安居乐业,都过着幸福美满的生活。

海姆道尔和人类的等级

海姆道尔是众神的首领之一,是人类的保护神。他曾到人类居住的中间园里游历过,把人类划分成了奴隶、自由人和贵族三个等级。

海姆道尔是众神的首领之一,他和托尔一样,都是人类的保护神。除了日日夜夜警惕地守卫着亚萨园大门外,他还密切地关注着彩虹桥上桥下的动静。他曾到人类居住的中间园里游历过,把人类划分成了奴隶、自由人和贵族三个等级。

有一次,海姆道尔化名里格,来到了人间。起初,他来到了一对老年夫妻家中。老夫妻非常贫穷,穿着十分寒酸。但是,他们还是热情地接待了里格,让他坐在屋子中央。主人的妻子名叫埃达,她端上了一条又厚又硬、烤得十分粗劣的面包和一碗肉请里格吃。那面包干涩无味,肉也是用清水草草煮熟的。当然,这就是老夫妻俩所能提供的最好的食物了。

里格在这户人家住了三天,每天晚上都睡在这对老夫妻中间。当里格离开以后,女主人埃达就生下了一个男孩。在第一次给孩子洗澡的时候,埃达给孩子起名为特拉耳,意思是"奴隶"。渐渐地,特拉耳长得非常壮实,有一头黑色的头发,还有一双神情呆滞的眼睛。长大后,他显得非常丑陋,粗手大脚,双腿弯曲,皮肤粗糙。但是,特拉耳非常勤劳,每天日出而作,日落而息。

有一天,一个双腿同样弯曲的难看姑娘来到了他的家中。那姑娘一身泥污,大大咧咧地坐在了屋子当中。于是,他们在一起打闹取笑,晚上就睡在了一起。这一对丑陋的男女就结成了夫妻,生下了许多丑陋高大的孩子,繁衍出了许多后代。人类中的奴隶等级就是这样产生出来的。

里格继续在人间旅行,他来到了第二户人家。这是一个小康家庭,当他来访的时候,夫妻两人正在工作。丈夫把木条削成纱锭,妻子在纺纱编织。见到里格,他们让他坐在了屋子中央,热情地招待他。进餐的时候,里格坐在夫妻中间,享用了他们最好的食物。里格在这里住了三天,每天晚上都睡在夫妻两人中间。里格离开以后,那位长得很秀气的女主人也生下了一个儿子,起名为卡尔,意思是自由人、农夫。

卡尔迅速地长大成人。他高大有力,眼神灵活,性情温良。卡尔特别能干,能建造房屋,锻造农具,还能耕田播种,饲养牲畜。一个衣裙上挂着钥匙、非常精明干练的姑娘爱上了勤快的卡尔,他们成了夫妻,建立了一个男耕女织的小康家庭。后来,卡尔夫妻也生下了许多孩子。人类中的自由人等级就从此产生了。

里格最后来到了一个富裕的家庭,在那座精美的屋舍里,他见到了悠闲地坐着的男女主人,他们互相触碰手指取乐。女主人穿着丝绸衣服,美丽非凡。她的皮肤像雪一样洁白、细腻。在这里,里格也受到了热情的款待。就餐的时候,桌面上铺着精致的桌布,摆放着用银子打造的餐具,食物也非常精美可口。里格同样在这里待了三天,每天晚上,他都睡在夫妻中间。

里格离开后九个月,美丽的女主人生下了一个男孩,取名为雅尔,意思就是公爵。雅尔金发碧眼,英俊无比,从小就穿着丝绸衣服。他长大后,学会了骑马击剑,弯弓狩猎。后来,里格再次来到了这户人家,教给了雅尔卢尼文字和许多高深的学问,鼓励他闯荡世界,建功立业。

后来,雅尔骑马出征远方。在一片森林边缘的美丽地方,进行了一场惊心动魄的战斗,最终大获全胜,同时也统治了那片国土。就这样,他就拥有了十八户人家的属地,成为一方之主。后来,他娶了一个聪明美丽的富人之女为妻,生下了十二个高大英俊、雄壮有力的儿子。

　　雅尔的儿子们都善于骑射,都成了伟大的战士。他们不断远征,获得了无数的属地,分别做了国王和诸侯。人类中的贵族等级就是从这儿开始的。

洛奇的恶作剧

力量之神托尔的妻子西芙女神美丽、善良,金色的长发优雅无比。一天,顽劣的洛奇趁她睡觉的时候,剪掉了她的长发。托尔抓住了洛奇……

洛奇是亚萨神的首领之一,他的父母亲都是巨人。洛奇曾经和众神之主奥丁结成盟友,因此,洛奇也在亚萨园中找到了自己的位置。

洛奇仪表堂堂,性情却十分乖张。他喜欢欺诈行骗,任意妄为。他招摇撞骗的花招很多,诡计多端。他还四处惹是生非,给亚萨园添了许多麻烦。因此,众神提起他就头痛。

不过,洛奇也有好的一面。因为他富有智慧和计谋,常常为众神排忧解难,功勋卓著。因此,洛奇成了亚萨园中的一个举足轻重的人物,虽然那些生性耿直的亚萨神非常讨厌他。忠烈刚直的海姆道尔和战神泰尔尤其憎恨洛奇的邪恶本性。

和亚萨诸神不同的是,洛奇并不是一位勇敢的战士,他也没有任何值得称道的武器。当然他最大的本领就是用三寸不烂之舌颠倒黑白,还能够把一根稻草说成金条。而一旦遇到危险,他就变成鲑鱼跳入江河溪流,或者拔腿逃跑。他有一双能日行千里的鞋子,穿上它跋山涉水如履平地。

力量之神托尔的妻子西芙女神美丽、善良,她那金色的长发优雅无比。西芙女神知道自己的美丽,经常在花园中梳理头发。有一天,顽劣的洛奇趁她睡觉的时候,剪掉了她的长发。西芙非常悲伤,嘤嘤哭泣。这时候,力量之神托尔回来了。托尔知道这是洛奇干的,立即冲出家门,抓住了洛奇,准备把他身上的那些贱骨头拆了。洛奇疼痛难忍,拼命求饶,答应到侏儒国寻找能工巧匠,为西芙打造一副一模一样的金子头发,而且还能够像真头发一样生长。

为了恢复西芙的美丽,托尔只能暂时饶了洛奇,让他寻找他所声称的金子头发。托尔警告洛奇,如果食言,洛奇身上的骨头很快就会七零八落。

在大地下的侏儒国里,居住着许多侏儒。这些小小的黑色精灵不敢见到白天的光芒,如果被日光照耀,他们就会变成石头,或者被熔化掉。这些躲在阴暗角落里的侏儒们都是能工巧匠,尤其善于用金子打造各种各样精巧而神奇的宝物。

老侏儒伊凡尔第和他的儿子们,是侏儒中最具有才华的匠人。老伊凡尔第的女儿就是亚萨园里的青春女神伊敦,她掌管着重要的神物青春苹果。因此,伊凡尔第一家和亚萨园众神关系密切。当洛奇来到侏儒国时,伊凡尔第的儿子们客气地在大作坊里接待了他,满足了他的要求。当洛奇离开大作坊时,他如愿以偿地得到了像真头发一样生长的金子头发,还带走了侏儒们送给奥丁的一柄长矛,以及送给夫雷的那条能折叠起来的神船。

洛奇兴高采烈地走出大作坊,迎面碰上了伊凡尔第的另一个儿子布洛克。洛奇得意洋洋地向他吹嘘手中的三件宝物说:"据说,你哥哥辛德里是你们中名气最大的。看看我手中的这三件宝物吧,铁匠辛德里再有本事,恐怕也做不出和这些宝物一样神奇的东西来呢!"

布洛克反问洛奇:"如果做出来了怎么说?"

洛奇便信口开河地同布洛克打赌说:"如果铁匠辛德里能够打造出和这三样宝物同样神奇的东西来,我就把头送给你们。"

于是,两人来到了辛德里的石洞作坊。辛德里少言寡语,弄清了他们的来意就开始工作了。他不慌不忙地拿起一块猪皮扔进炉中,转身走出了石洞作坊。出门前,他吩咐布洛克:"你得不断地拉动风箱,

直到我回来了。"

辛德里离开作坊后,洛奇变成了一只凶恶的苍蝇,围绕着布洛克飞来飞去,狠狠地咬他。布洛克牢记辛德里的吩咐,始终没有停下拉风箱的工作,熔炼炉中始终火光熊熊。很快,辛德里回到了作坊,从炉中取出了一头山猪。山猪全身的鬃毛都是金子,发着灿烂的金光。

接着,辛德里又往炉子里扔进一块金子,转身走出岩洞。他再次嘱咐布洛克:"你还得一刻不停地拉动风箱,让炉火熊熊燃烧!"

洛奇目睹辛德里居然轻轻松松地就把一块破猪皮炼成了一头带金鬃的神秘野猪,开始有点害怕了。辛德里一出门,洛奇便又变成了一只苍蝇,飞到了布洛克的脖子上,恶狠狠地咬他。布洛克一心一意地拉着风箱,虽然脖子疼痛难忍,但还是坚持着,直到辛德里再次回到岩洞作坊里。现在,辛德里从炉中取出了一只闪闪发光的金手镯。

最后,辛德里把一块生铁放进了烈焰中,依然神秘地走出了作坊。为了保住脖子上的脑袋,这一次,洛奇变成了一只又大又凶的苍蝇,停在布洛克的眉眼之间,叮咬他眉眼间的皮肉。布洛克强忍着,一刻不停地拉动风箱。最后,他的眉眼被咬得皮开肉绽,鲜血淋漓,糊住了他的双眼,他几乎什么都看不见了。布洛克只好用手擦了一下眼睛,驱赶这可恶的苍蝇。就在他停止拉动风箱的那一瞬间,炉膛中的火焰骤然变得微弱。辛德里正好在这时候走了进来。

辛德里对弟弟的表现十分不满,大声责骂他。这一次,辛德里从炉膛中取出了一把铁锤。那锤子并不精巧,却非常结实。辛德里把铁锤、金镯和金鬃山猪一并交给了布洛克,让布洛克带着它们和洛奇同去亚萨园,由奥丁、托尔和夫雷三位神祇评判,它们和洛奇手中的宝物谁更优良。

当洛奇和布洛克来到亚萨园,正好赶上众神集会。洛奇把那金子头发交给了托尔。西芙戴上假发后,不仅看上去完全同真的头发一样,而且显得更加美丽。托尔很满意,暂时不打算拆散洛奇的骨头了。洛奇又向奥丁献上了侏儒们为他打造的长矛,这是全世界最锐利的武器，任何盾牌都无法抵挡。而且，一旦投掷出去，肯定是百发百中。洛奇把神船交给了夫雷，从此以后，夫雷就有了一条能折叠起来放在口袋中，打开后又能装载下千军万马的宝船。

接着，侏儒布洛克也献上了他的宝物。他首先送给奥丁的是闪闪发光的金手镯。这只看似普通的金镯，实际上就是一个聚宝盆。每隔九个晚上，它就能生出八只一模一样的新手镯。然后，布洛克向夫雷献上了金鬃的山猪。这只山猪能够日日夜夜地奔跑，不仅能翻山越岭，还能够飞越海洋和湖泊。骑着它在黑夜中奔驰，它头上那发光的金鬃就把道路照得如同白昼。

最后，布洛克把铁锤交给了托尔。他对托尔说："这是天底之下最有力的武器！当你用力掷向目标时，任何东西都不堪一击。无论你投掷得多远，击中目标后，它都会自动飞回到你手中。"

和夫雷的宝船一样，这把神锤也可以变得很小，甚至可以藏在胸口。由于在熔炼的最后阶段，洛奇用计干扰了布洛克拉风箱，这把神锤因而有一个小小的缺陷：它的把柄稍微短了一点。当然，这并不影响它的威力。

经过讨论，奥丁、托尔和夫雷三位亚萨神一致认为：在所有的宝物中，辛德里兄弟送给托尔的神锤最杰出，因为和巨人们进行战斗的亚萨神正好需要这样一件有力的武器。对于力量之神托尔来说，有了这样的一把神锤真是如虎添翼。

除神锤以外，其他的都是巧夺天工的宝物，难分高下。于是，亚萨园的三位领袖宣布：辛德里和布洛克是获胜者。虽然就要把脑袋交出去了，机智善变的洛奇仍然面不改色。他开始和布洛克商量，希望用金银财宝赎回他的脑袋。因为他知道，侏儒们都很贪财，要他的金银财宝比要他的脑袋更实惠。没想到，布洛克一口拒绝了洛奇的建议，坚持要他的头颅。洛奇见势不妙，仗着他那双日行千里的神鞋，拔脚就跑。但是，托尔却大义凛然地把他抓了回来，声称这样做是为了维持公道。

在上天无路、入地无门之时,洛奇又心生一计。他对布洛克说:"你非得要我的脑袋,你就来割走吧!不过,你可不能伤着了我的脖子。否则,你就应该承担全部责任!"

现在,侏儒布洛克非常为难,因为他不敢保证不伤着洛奇的脖子。他对洛奇恨得牙关发痒,他想把洛奇那张花言巧语的嘴割成碎片。也许是洛奇的脸皮太厚的缘故,布洛克居然用刀切不动。布洛克叹息说:"如果我手里有辛德里的小尖钻就好了,它完全能够钻透这两片无耻的厚嘴唇。"

话音刚落,辛德里的尖钻已经扎在了洛奇的嘴唇上。于是,布洛克就用这尖钻扎洞,一针一线地把洛奇的嘴唇缝了起来。

洛奇所搞的这一场恶作剧和竞赌,虽然让西芙难过了一段时间,自己也受了皮肉之苦,却给亚萨园增添了许多无价之宝。最后,洛奇咬开缝着嘴唇的丝线,得意洋洋地回家去了。

被绑在千年巨石上的芬里斯狼

亚萨神们沉默了很长一段时间后,那最勇敢的泰尔站了出来,毫不犹豫地把右手放进了芬里斯狼的嘴里。众神立刻一拥而上,用软索把巨狼捆了起来,并且将绳索的一端牢牢地系在了那孤岛上的一块千年巨石上。

神国亚萨园首领之一洛奇娶了巨人茜根为妻,生下了许多孩子。当然,这些孩子都是巨人,和茜根一起住在约顿海姆的乡村里。茜根生性善良,对洛奇非常忠诚。因此,她的孩子大都老老实实地过着普通巨人的生活。

但是,天性不安分的洛奇经常和其他女巨人鬼混,又生下了一批巨人子女。其中,洛奇和巨人国中的一个性情怪异的女巨人鬼混后,生下了一条蛇、一头狼和一个古怪的女孩子。

三个怪物诞生不久,亚萨园中就流传着有关他们长大后会给亚萨神带来灾难的预言。奥丁尤其清楚这些怪物的危险,因此,他特意派托尔和泰尔这两个神勇有力的亚萨神去巨人国约顿海姆,把那三个怪物带到亚萨园。而且,众神一致认为,如果让这三个可怕的怪物长期生活在邪恶的巨人国,他们长大后就很难控制。

当时,洛奇正好不在亚萨园,不知道他去哪里欺压侏儒,或者和女巨人鬼混去了。于是,托尔和泰尔连骗带吓,把三个小怪物从巨人国带到了亚萨园。在亚萨园的会议厅里,奥丁端坐在宝座上和大家讨论如何处理这三个怪物。那条蛇特别难看,众神特别讨厌它,就把它扔

进了亚萨园外最深的海洋里。那只小狼看上去毛茸茸的,很可爱。众神不忍心杀了它,就把它当小狗一样豢养起来。

洛奇和女巨人所生的那个女孩叫海儿,异常古怪。她惨白无血色,半身靛蓝,半身鲜红。奥丁就让她去死亡之国——位于冰雪世界尼夫尔海姆旁边,负责管理人类中的死者。

被扔进海底的那条小蛇并没被淹死,它在深海里越长越大,最后竟然长大到把人类居住的中间园团团围了起来。因此,这条常常张开血盆大嘴衔住尾巴的巨蛇,就是中间园的魔蛇,它是人类的最大威胁。

海儿被送到死亡之国后,很快就长大了,成了死亡之国中的主人。她在靠近泉水的地方修建起了庞大的宫殿,宫中有巨大无比的大门和坚实的围墙。人间里那些死于疾病和衰老的人都得从这里进入。渐渐地,海儿声名卓著。她的桌子叫饥馑,她的餐刀叫饿殍,侍候她的仆人们则叫懒惰。

被豢养在亚萨园里的那头叫作芬里斯的小狼异乎寻常地迅速长大,比奥丁的那匹八蹄神骏还要高大,而且还在不断长大。于是,芬里斯狼褪尽了童年时的那一点点可爱,变得凶狠残暴,只有战神泰尔敢喂食它。

众神意识到,以这种惊人速度成长,芬里斯狼很快就会变成庞然大物,成为谁也无法控制的恶魔。于是,他们准备用粗大、结实的铁链拴住它。

众神带着铁链来到芬里斯狼面前,谎称说想用这条铁链试试它有多大力气。眼露凶光的芬里斯狼看了看这条铁链,毫不在意,任由众神把它锁了起来。众神刚锁好铁链,芬里斯狼就嗥叫一声,挣脱了那粗大的铁链。而且,通过挣断这条铁链,它又获得了许多力量。

亚萨神们感到事态很严重,立即到各处寻找更加坚固的铁链。几天后,亚萨神们带着一根异常粗大的铁链,再次来到芬里斯狼面前。众神再次哄骗芬里斯狼说:"你的确是一头非常有力的巨狼,能够轻而易举地挣断我们带来的铁链。这儿有一条天下最牢固的铁链,如果你

也能把它挣断的话,你将会变得更加出名。"

当然,这头狼竟也非常渴望出名,就爽快地答应了亚萨神们的要求。这一次,众神就用粗铁链结结实实地把狼的四肢和躯干都缠绕了起来,不让它轻易挣脱。

捆完后,芬里斯狼发出了恐怖的嗥叫,他用力挣扎,铁链发出了尖厉的响声。最后,那铁链还是被一节一节地挣断了。芬里斯狼第二次挣断铁链后,变得更加有力、凶残。它瞪着血红的双眼,好像要把众神一一吞吃掉。

现在,众神异常忧虑。他们知道,要是不尽快把这条可怕的恶狼捆绑起来,亚萨园中的神祇时时都会有危险。众神之主奥丁立即派夫雷那个聪明伶俐的侍从——斯基尼尔去侏儒国,请求著名的工匠辛德里和布洛克兄弟。

斯基尼尔骑上快马到了侏儒国,他进了侏儒兄弟的石洞作坊。与亚萨神关系不错的辛德里兄弟弄清楚了来意后,答应为亚萨神们效劳。他们忙碌了很长一段时间后,交给斯基尼尔一条绳子。绳子很细,又软又光滑,完全像一根丝绸带子。斯基尼尔疑惑地看着这条绳子,很难相信它能够绑住那巨大凶恶的芬里斯狼。

看到斯基尼尔疑惑的神情,一向沉默寡言的辛德里递给了他一张纸,上面写道:

捆绑索成分说明书

猫的脚步声	28%
岩石中的树	33%
女人的胡子	24%
鱼的肺	14%
熊的脚腱	3%
鸟的唾液	2%

按照产品说明书操作,生产者保证能够捆绑住87.8头芬里斯狼。

签名：侏儒国岩洞铁匠铺铁匠——辛德里/布洛克

原来,这条软索是用世界上六种最不可思议的东西打造成的,因而具有神奇的力量。正因为这样,世界上从此就没有了猫的脚步声,女人也再不长胡子,岩石中也不会长出树根。

斯基尼尔心满意足地带着这条软索回到了亚萨园。众神谨慎地把芬里斯狼骗到了亚萨园的一个孤岛上,然后对它说:"了不起的芬里斯狼,这个世界已经没有比你更有力的生灵了!九个世界里都在传播着你高超的本领。但是,我们还想请你帮我们试试这条奇怪的软索到底有多结实,你不会拒绝吧?"

现在,芬里斯狼已经意识到这些亚萨神们想花言巧语制服它。但是,看着那条柔软光亮的绳子,巨狼非常好奇,忍不住想尝试一下。当然,它还想获得更大的名声。

"好吧!我帮你们试试这软索有多结实。不过,为了防止你们陷害我,你们当中必须有一位把手臂放在我的嘴里,这样我才放心!"

亚萨神们面面相觑。沉默了很长一段时间后,那最勇敢的泰尔站了出来,毫不犹豫地把他的右手放进了芬里斯狼的嘴里。众神立刻一拥而上,用软索把巨狼捆了起来,并且将绳索的一端牢牢地拴在了那孤岛的一块千年巨石上。

当芬里斯狼开始用力挣扎时,那条用六种古怪材料制成的软索就发挥了神奇的威力。它紧紧地贴在芬里斯狼的皮毛里,狼挣扎的力气越大,软索也就把它缠得越紧。最后,那狂暴的芬里斯狼被死死地捆成了一团,绝望地嗥叫着。

亚萨众神喜笑颜开,只有战神泰尔垂头丧气,因为他的右手被那巨狼吞入了腹中。从此,泰尔只剩下了一只手臂,被称为"独手神"。

就那样,芬里斯狼一直被绑在亚萨园的孤岛上,直到世界末日降临。

托尔夺回了神锤

一天清晨,托尔醒来时发现神锤不见了。神锤怎么会突然消失了呢?托尔只好找到了洛奇,让他帮忙寻找铁锤……

托尔的父亲是奥丁,母亲是女巨人"大地"。在亚萨神中,最威武有力的就是托尔,是众神的首领之一。托尔体形魁梧,留着浓密的红胡子,被称为"红胡子"神。他的首要职责就是保护人类的中间园,和所有邪恶的巨人战斗。

托尔的战车由两头力大无穷的山羊拖曳着,当他驾车奔驰的时候,战车便会发出惊天动地的声响。这就是中间园里人类听见的来自天上的雷鸣。因此,人类称托尔为雷神。每当雷声响起的时候,人们便知道,那一定是托尔驾着山羊车和巨人作战去了。

由于托尔经常和各种凶恶的巨人搏斗,他的身上总是披挂着各种武器。这些武器中,最著名的就是侏儒辛德里打造的神锤密尔纳。神锤从托尔那有力的手臂中飞出,常常以迅雷不及掩耳之势击中目标。此外,托尔还有一条力量带和一副铁手套。当他系上力量带时,托尔的神力就会成倍增加,而他的铁手套则让他在投掷铁锤时更加有力。

托尔居住的宫殿非常宏大,和瓦尔哈尔宫一样,有五百四十道门。宫殿后面还有一座亚萨园中最美丽的花园,当托尔的妻子西芙坐在花园中,她那美丽的金发就在花丛中闪烁着无比美丽的光芒。

一天清晨,托尔醒来后发现神锤不见了。神锤怎么会突然消失了呢?这件事非常蹊跷,托尔异常愤怒。经过紧张搜寻,最终还是没有找到锤子的下落。最后,托尔只好找到了洛奇,让他帮忙寻找铁锤。

洛奇一口应允了托尔的请求,马上到世界各地寻找锤子。他匆匆来到爱情女神芙蕾雅的宫中,希望借她的宝物"鹰的羽衣"。芙蕾雅夸耀着"鹰的羽衣"的神奇,慷慨地把它借给了洛奇。洛奇穿上这件用金银打造的羽衣,像鸟儿一样飞到了巨人国。

洛奇飞到约顿海姆时,看见巨人国的一个头目塞留姆坐在山冈上,为他心爱的骏马修剪鬃毛。塞留姆大声地喊洛奇:"喂,众神和精灵们还好吗?你来这里干什么?"

洛奇回答说:"众神和精灵们都遇到了麻烦,你是不是把雷神的锤子偷走了?"

塞留姆得意洋洋地对洛奇说:"你算是找对人了,那锤子就是我偷走的。我把它藏在了八英里深的地下,亚萨神们就是有天大的本事,也别想把它找回来。不过,要是众神能把美丽的爱情女神芙蕾雅打扮成待嫁的新娘,送到我家的话,我就把锤子交出来。"

听了塞留姆的话,洛奇立即驾起"鹰的羽衣",飞回了亚萨园。在召集众神开会之前,洛奇先找到了芙蕾雅,希望她为了托尔的神锤,嫁给巨人塞留姆。芙蕾雅当然不愿意嫁给这种可恶的巨人,她劈头盖脸地骂了洛奇一顿,把他赶出了宫殿。

现在,亚萨园众神坐在宏大壮丽的会议厅里,一筹莫展。托尔的神锤密尔纳是亚萨园中最重要的武器,离开了它,托尔就有可能无法有效地打击巨人和其他恶魔,亚萨园将面临巨大的危险。沉默了很久之后,亚萨园的警卫神海姆道尔提出了一个大胆的主意,建议把托尔打扮成新娘模样,冒充芙蕾雅去塞留姆家中,然后伺机夺回神锤。

托尔认为海姆道尔的主意很荒唐,作为堂堂力量之神,怎么能装扮成羞答答的待嫁新娘?肯定会遭受到众神的耻笑。然而,其他亚萨神都认为海姆道尔的主意非常高明,不由得托尔说什么,就帮他打扮起来。大家纷纷向他申明大义,托尔只好同意了。众神为托尔穿上了嫁衣,戴上珠光宝气的项链,腰部挂上了一大串象征善理家财的钥匙,胸口上别上了宝石,头戴高高的华冠。他的红胡子和粗大的腿都用衣服和帽子遮盖了。接着,众神又吃力地把洛奇打扮成一个侍女,让他陪同托尔去约顿海姆。

巨人头目塞留姆得知芙蕾雅已经从亚萨园出发,兴奋得手舞足蹈。他马上召集巨人们,为举行一场豪华隆重的婚礼做准备。华灯初上,塞留姆的宫殿里布置得焕然一新。富有的塞留姆把所有的财宝都放在最显眼的地方,那些精致昂贵的器皿里都盛满了美酒佳肴。当新娘和她的侍女到达后,狂欢的宴会立即开始。

现在,"新娘"坐在宴席上,不理会众人,只顾埋头猛吃。"她"很快就独自吃掉了一整头牛,八条大鲑鱼。此外,"她"还喝掉了三大桶蜜酒。塞留姆惊诧万分,因为谁也没见过世界上还有食量如此大的新娘。见塞留姆神色不对,新娘旁边的侍女立即解释:"因为她一直渴望着这场幸福的婚礼,已经有八天八夜没吃过东西了!"

巨人塞留姆完全陶醉在娶了芙蕾雅的兴奋之中,听侍女这样说,更加高兴,随即上前揭开新娘的面纱,想亲吻一下。没想到,面纱下新娘那双透着威严和怒火的眼睛,吓得他一跃而起。

这时,侍女又上来解释说:"她渴望这场幸福的婚礼,已经有八个晚上不曾闭上眼睛。"

被喜悦冲昏了头脑的巨人现在已经糊里糊涂,他对侍女的胡编乱造深信不疑。于是,他高声让手下人把托尔的神锤拿来,想把这神锤当作圣器,祝福他和芙蕾雅的结合。然而,当神锤刚一出现,这个吃饱喝足了的新娘便箭步上前,抢过了神锤,马上就变成了让巨人闻风丧胆的力量之神托尔。塞留姆和他的手下还没有完全反应过来,就被神锤一一砸碎了天灵盖。

托尔和巨人比武

托尔离开亚萨园,打算去东方的巨人国。在途中,他遇到了一个巨人。在巨人的带领下,托尔来到了巨人国,并和巨人国国王进行了一场场惊心动魄的比赛……

一次,托尔和洛奇乘坐着由两只山羊拉的战车去巨人国。经过一天的奔驰,傍晚,他们来到了一个农夫家里。农夫见大神驾到,想尽力招待好他们,却拿不出像样的食物。因此,托尔就把那拉车的两只山羊杀了,让农夫的妻子烧羊肉吃。他们和农夫一家分享鲜美的羊肉,但托尔要求农夫一家不要弄碎羊骨头,把骨头完整地放在剥下来的羊皮上。

他们很快吃光了羊肉。农夫的儿子塞亚夫因为贪吃,还偷偷用小刀剖开一根羊腿骨,把里面的骨髓也吃掉了。

第二天早上,托尔早早地起了床。他对着那裹着骨头的羊皮,念起了卢尼文字咒语。只见那山羊皮摇晃了几下,两只山羊都慢悠悠地站了过来。细心的托尔突然发现一只山羊的一条后腿有点瘸,非常愤怒。他骂农夫一家不听他的吩咐,一定是在吃羊肉的时候弄坏了一根羊腿骨。

农夫夫妇见托尔发怒了,吓得魂不附体。他们惶恐地哀求托尔息怒,还说愿意赔偿山羊的那条跛腿。看见农夫夫妇那害怕的可怜模样,身为农夫保护神的托尔也就立即平息了怒气,不再追究这件事情了。临走的时候,托尔还把农夫的儿子塞亚夫和女儿萝丝克娃收为自己的仆人,把他们给带走了。

于是,托尔把那只跛腿的山羊连同那辆车都留在了农夫家中。他们四个步行前往东方巨人国。不久,他们进入了一片巨大的森林。他们在森林中整整走了一天。农夫的儿子塞亚夫从小就善于在山林中奔跑,是人类中脚力最好的人。因此,他背着托尔的旅行包裹走在最前面。天黑时,他们看见了一座很大的屋子。屋子里面非常宽敞,屋子的尽头与另一间小屋相连。于是,他们便在屋子里打开行装,安睡下来。

半夜,屋外突然响起了地震般的巨大声响,他们住宿的屋子也摇晃不止。托尔连忙让大家搬进和大屋子相连的那间小房子里。他让大家躲在里面,自己却手持神锤密尔纳,紧张地守卫在门口,随时准备和出现的敌人搏斗。

那种可怕的巨大声响在树林里持续了整整一夜。黎明时,托尔拿着锤子走出去,寻找那种声响的来源。在不远处的树林里,他发现了一个无比庞大的巨人正在酣睡。那巨人的躯体像山一样庞大,横亘在树林中。托尔这才明白,昨夜让大家心惊肉跳的巨响,原来就是这个庞然大物发出的鼾声。

托尔狠狠地骂了一句:"这个该死的家伙!"

他举起神锤向巨人走去,打算立即杀了那巨人。这时候,巨人突然醒了,像山峰一样站了起来。巨人看到托尔后,大大咧咧地和他攀谈了起来。这个庞大的巨人自称斯库留姆,他对托尔说:"您就是亚萨园中的托尔吧,幸会幸会!"

谈话之间,那巨人突然惊讶地问:"你们把我的手套拿去干什么了?"

巨人顺手一拉,就把他的手套拿回去了。托尔和洛奇大吃一惊,他们这才发现,昨天晚上他们留宿过的屋子,竟然是这巨人的一只手套,与那大屋子相连的小房子,则是手套上的大拇指套。

巨人斯库留姆并没注意到托尔他们的表情,还要求和他们一同去

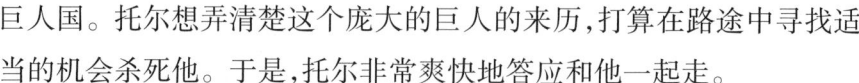

巨人国。托尔想弄清楚这个庞大的巨人的来历,打算在路途中寻找适当的机会杀死他。于是,托尔非常爽快地答应和他一起走。

吃完早餐后,他们就结伴继续向东走。巨人把所有的行李袋都扛在肩上,迈开大步走在前面。他的步子实在是太大了,托尔等人必须跑步才能跟上他。晚上,他们到了一棵大橡树下,准备宿营。斯库留姆对托尔说:"我要先在这橡树底下睡上一觉,你们自己准备晚餐吧!"

说完,斯库留姆一头倒在橡树下,立即鼾声如雷。托尔不再理会他,解开行李和粮袋,准备晚餐。不料,巨人把那盛粮食的口袋和其他行李捆在了一起,托尔费了好多周折都无法解开绳结。这时候,洛奇和两个仆人也过来帮忙,奇怪的是,那绳结却越解越紧。

托尔的怒火猛地窜了上来。于是,他拿出神锤密尔纳,走到斯库留姆身边,猛击他的头。那巨人的鼾声立即停止了,他睁开眼睛,对托尔说:"嗨,托尔!是不是有一片树叶掉在我头上了?你们吃晚饭了没?"

托尔吓出了一身冷汗,连忙支吾说:"吃了,吃了。我们也正要睡觉呢!"

说完,托尔只好悻悻然地和其他三人一起来到另一棵橡树下躺下了。

夜渐渐深了,托尔还是睡不着。跟在这巨人身后跑了整整一天,早就饥肠辘辘了,可还没能吃上一顿晚餐。现在,那巨人的鼾声又在不远处震天动地,让托尔根本无法安静。雷神托尔当然咽不下这口恶气,他起身再一次走到巨人身边,用神锤猛击巨人的脑袋。这一次,托尔使出了十成的力量,足以开山劈石。

然而,那庞然大物却睁开眼睛说:"啊,是不是有一个橡树果掉到了我的头上了?喂,托尔,你不睡觉在这里干什么呢?"

托尔非常尴尬地说:"我醒了,就随便走走。离天亮还早着哩,我们继续睡吧!"

托尔只好转身又回到了他栖身的橡树下。

现在,托尔气愤得把牙齿咬得咔嘣响。其实,他砸向那巨人的两锤,都有千钧重,九个世界中的所有生灵都会在这样的打击中当场毙命。然而,这个庞大的巨人却皮毛不损。托尔靠着橡树,还是睡不着,他等待着那巨人再进入梦乡。

到黎明前,斯库留姆又发出了惊天动地的鼾声。托尔慢慢走到他身边,高高地举起了那神锤,使出全身力气向巨人的太阳穴砸去。这一次,托尔用尽了所有的神力,那锤子深深地陷入了巨人的太阳穴中,甚至连手柄也陷进去了半截。

巨人再一次醒来了,自言自语道:"啊,一定是一只小鸟在树上把树枝踢到我头上来了。"

他揉了揉太阳穴,马上看见了托尔。他问:"托尔,你怎么还没睡?"

托尔涨红着脸,不知道说什么好。那巨人也没再说什么。

天亮了,大家起身收拾好行李,打算继续赶路。巨人斯库留姆告诉托尔说:"前面不远,有一个巨人的国家——尤特园。或许,在你们看来,我这个样子就够庞大的了,可是,尤特园里的巨人,差不多都比我强大。因此,我奉劝你们还是识相一点好,早点回亚萨园去。如果你们坚持要去的话,就得千万小心。尤其是洛奇,你可千万别惹是生非!"

说完,那庞大的巨人声称要到北方去办点事,就不再和托尔等同行了。他扛起行李,迈开大步往北走了。

尽管托尔等被这个巨人弄得又惊又吓又气,士气不太高,但他们还是不愿意就此回头。他们继续往东方走。中午,他们到达了一座巨大的城堡——这就是斯库留姆所说的尤特园。这座城堡高大而宏伟,但大门紧紧地关着。托尔等抬头一望,顿时都觉得自己很渺小。而且,托尔用尽全力,也无法推开城堡的大门,只能从门缝下钻进去。

城堡里面有一座巨大的宫殿,许多体形异常庞大的巨人坐在两排长长的凳子上。托尔等刚刚走进大殿,尤特园的国王就从殿堂正中迎了出来。

"你们远道而来,莫非就是亚萨园的大神托尔?你的个子看上去似乎小了一点,你的威力可能会比你的个子大一点吧?"巨人国王龇着牙,傲慢无比地对托尔说。

"您应该知道,到我们尤特园来的,都得有一些特殊的本领才行。你有什么才能?"

洛奇现在正饥肠辘辘,他马上接过巨人国王的话头说:"我倒是有一些特殊的才能。如果你拿出一些肉食来,我可以向你们显示:我会比这里的任何一个巨人都吃得快!"

于是,巨人国王立即叫那个坐在长凳上的名叫洛格的巨人和洛奇比赛。不一会儿,许多巨人抬来了一个喂牲口用的大食槽,里面装满了熟肉,然后让洛奇和巨人分别从食槽的两头开始吃起,看谁吃得快。号令一出,两人便拼命地吃了起来。但是,当亚萨园的洛奇勉强把半槽肉吃完时,那巨人洛格早就把所有的肉都吃得干干净净。因此,洛奇输了这轮比赛。

这时,托尔新收的仆人塞亚夫说:"我想,我奔跑的能力没人可比!我想和你们比赛跑步!"

巨人国王同意了他的建议。于是,国王就让一个名为休格的年轻人和塞亚夫比赛跑步。在殿堂外面的一块平地上,塞亚夫和巨人的比赛开始了。在第一轮竞赛中,当塞亚夫以最快速度跑到终点时,年轻的巨人正好转回身来迎接他。巨人国王洋洋得意地说:"年轻人,你倒是一个赛跑好手,可是要胜过别人,还要加油啊!"

事与愿违,在第二轮竞赛中,当巨人已经跑到终点的时候,塞亚夫离终点还有很长一段距离。而在最后一轮的竞赛中,塞亚夫输得更惨——当他还没有跑过一半路程时,巨人休格已经到达了目标。

在洛奇和塞亚夫分别吃了败仗之后,尤特园国王请出了托尔,他想证明外面传扬的关于托尔的丰功伟绩并非谣传。面对巨人国王的冷嘲热讽,雷神托尔顿生英雄豪气,于是,他提出要和巨人比赛喝酒。

巨人国王马上让他的侍从取来了一只细长的角杯,对托尔说:"这是一小角杯蜜酒,我们尤特园的巨人都拿它比赛过喝酒,但一口喝光杯中之酒的人绝无仅有。两口喝完的人,这里倒是还有几个。而我们所有尤特园的人,都能三口把它喝完。你觉得如何?"

托尔看着这个装饰得非常华丽的角杯,它虽然长了一点,但并不是特别大,他自信可以一口喝干。于是,他接过酒杯,仰头大口地喝了起来。然而,出乎意料的是,当他已经喝到无法呼吸的时候,拿开杯子一看,里面的蜜酒丝毫也没有减少。

此时,巨人国王揶揄托尔说:"虽然阁下喝得非常卖力,这角杯中的蜜酒却不见减少。有名的托尔一次只能喝这么一点酒,要不是我亲眼所见,实在是令人难以置信!"

托尔什么也没说,拿起角杯再次喝了起来。这一次,托尔喝得又深又长,速度也比第一次快了一倍。他一直喝到远远比第一次多出数倍的酒,才停了下来。遗憾的是,他一看酒杯,酒还是没有减少多少。

巨人国王很夸张地高喊:"托尔,你大概是不舒服吧?你这个样子,就是再喝一口也别想喝完这杯中酒呢!看来,所谓的亚萨园的大豪杰,原来也不过如此!"

托尔异常愤怒地长吸了一口气,第三次举起了杯子。他用尽全身力气,如巨鲸吸水一般地狂饮着,很长时间以后,他才缓缓地停了下来。这一次,杯中的蜜酒果然减少了许多。

"看来,你并不像外面传说的那样强大。这场比赛你也输了,你还想试试别的项目吗?"巨人国王挖苦托尔说。

托尔不服气地要求继续下一项竞赛。巨人国王似笑非笑地说:"既然你显得这样软弱无力,或者可以选择一些比较简单的项目。我有一只灰猫,我们这里的年轻人无所事事的时候,就把它举起来玩儿。阁下不妨试试。只要您能让它四脚离开地面,就算你赢!"

这时候,从大殿里跑出来一只灰色的大猫,它顺从地来到了众人中间。托尔走上前,双手把住猫的腹部中央,用力将它举向空中。不料,这头猫四脚紧紧抓住地面,腰部随着托尔用力的方向向上耸起,而且越耸越高。托尔难以相信,一头猫竟然能把背拱得如此高。他使出了全身的力气,最后也不过让灰猫的一只脚离开了地面。

巨人国王阴阳怪气地说:"果然不出我的预料,你连我的一只猫都举不起来。和在座的巨人相比,你的确是太矮太小了!"

受到了这样的侮辱,托尔忍不住大声吼叫:"气死我了!你既然说我又矮又小,就叫个力大的出来吧,我和他角力!"

巨人国王巡视着坐在长凳上的那些巨人,然后对托尔说:"看来,这儿的人谁都不屑和你这种人角力。这样吧,我让我的老奶妈艾莉和你摔一跤。有时候,她还能摔倒一些强壮的汉子,你大概和她旗鼓相当!"

这时候,从大殿里走出来一位又老又干瘪的妇人,完全是一副风烛残年的样子。托尔顾不上什么,立即和这个老妇人角力起来。当托尔用力抓住她的时候,她竟能纹丝不动地站在地上。而当老妇人推推托尔时,托尔却站不稳。最后,托尔竟然被她逼得跪下了一条腿。

于是,巨人国王宣布比赛全部结束。这时候,天色已经很晚了。巨人国王现在对托尔等人竟然非常有礼貌,他命令大摆宴席,招待托尔等人。吃完饭,他还留托尔等人在城堡里住了一个晚上。

第二天早上,巨人国王准备了一顿非常丰盛的早餐让他们享用。早餐完毕,国王亲自把托尔等人送出了尤特园。因为输掉了所有比赛,托尔等人非常灰心丧气。大家什么话也不说,走出了城堡。巨人国王对托尔说:"你根本不必垂头丧气!现在,你们既然已经离开了城堡,我就把事情的真相告诉你们吧!"

于是,巨人国王告诉托尔说:因为他们害怕托尔的巨大威力,便设计用幻象来迷惑托尔等人,让他们无法看清巨人们。在森林里,正是巨人国王自己化身为体形庞大的巨人斯库留姆,不断地给托尔等人施下马威。也正是他,施法术用铜线拴住了食品袋口,让托尔根本解不开那口袋。在激怒了托尔后,托尔击向巨人的那致命的三锤,也没有真正打在巨人头上,而是使用法术,让铁锤击中了山头。因此,当托尔等在返回途中,一定会发现那座山上新生出了三个四角形的山谷。显然,如果巨人真让托尔打中的话,早就变成了肉泥!

当托尔等人在城堡中比赛时,事实上,他们根本没和巨人们对垒。那个和洛奇比赛吃肉的巨人,是由一堆野火变幻出来的。野火当然能够在非常短的时间内,把肉连同骨头一起吞噬掉。和塞亚夫赛跑的那个名叫休格的巨人,则是由巨人国王的思想所变幻而成的。因为思想总会比人跑得快一些。托尔端起那个盛酒的角杯豪饮的时候,其实当时的巨人国王已经惊讶万分了。因为这个看上去不大的角杯,却连着整个海洋。然而,托尔的豪饮居然能让大海的海水减少了许多,实在是一件不可思议的事情。如果他们到海边去观察一下,海水的变化是很容易发现的。而且,也正因为托尔一下子喝掉了太多的海水,从此,大海就出现了潮汐。

巨人国王接着说,托尔把灰猫举着离开地面,也是非常惊心动魄的。那只看上去相当驯良的灰猫,事实上就是那条围绕着人类大地中间园的魔蛇。当托尔竟能让它的一脚离开地面时,在场的所有巨人都恐惧到了极点。因为这条大魔蛇是首尾相连的,所以,当托尔高高把它举起时,等于说把整个人类的大地都掀动起来了。

最后,托尔和那个叫作艾莉的老妇人角力,而没被摔倒,也是一件让人不敢相信的事情。那个干瘪的老妇人代表着老年,代表着所有生灵的最后归宿,所有的人都必定会在自己的老年面前屈服。而托尔居然能够同她坚持着,最后仅仅是跪下了一条腿,这真是一件超自然的事。

说出了真相,巨人国王和托尔等挥手告别:"我们马上就要分开了,而我想告诉你,虽然你知道了真相,但还是希望你不要再到这儿来。否则,我还会使用同样的幻象和法术来对付你!"

听完这一切,托尔觉得自己被愚弄和欺骗了。自从见到那庞然大物以来,他所受的那些窝囊气,全都在他的胸膛里燃烧了起来。于是,他高举神锤,打算马上杀死这个巨人国王。可是,他突然发现那巨人国王已经消失得无影无踪了。他回过头,看见那座高大宏伟的城堡以及城堡外的那一大片绿草地全都消失了。

原来,那所谓的尤特园,也是巨人使用法术布置的幻象。

侏儒变成了石头

托尔的话刚说完，像所有见不得阳光的侏儒一样，"全智者"已经变成了一块坚硬的石头……

托尔和妻子西芙所生的女儿非常漂亮，在亚萨园中很有名气。托尔的女儿不仅和她妈妈一样，有一头光彩夺目的金发，她的皮肤也像冰雪一样洁白。托尔特别疼爱女儿，把她看作掌上明珠。

一次，托尔带着洛奇与巨人打仗。亚萨众神和侏儒国中的一个绰号叫"全智者"的侏儒打赌，众神说如果侏儒赢了，就把托尔那美丽的女儿嫁给他。这个"全智者"是侏儒国中最有学问和智慧的人，他能观察天文，看透地理，关于九个世界的来龙去脉，他全都知道。结果，他赢了。众神不能食言，只能想办法把托尔的女儿嫁给他。当时，托尔不在亚萨园，众神就自作主张操办婚礼。

侏儒"全智者"以为真能娶亚萨园中有名的美丽女孩，他穿戴一新，兴高采烈地来到亚萨园娶亲。他还在亚萨园里宴请众神和宾客，把婚事办得热闹非凡。

宴会快要结束的时候，"全智者"正想把新娘带走，托尔却从遥远的巨人国风尘仆仆地回来了。见到眼前的情景，他火冒三丈。不过，他既不能当着众神的面大发雷霆，又不能在众目睽睽之下一锤砸死那侏儒，因为他也不想让自己背上不守诺言的恶名。

托尔强压住心中的怒火，把"全智者"叫到他的宫殿里，非常粗暴地对他说："你自己看看你算是什么东西？居然想娶我的女儿？你最

好识相点儿,赶紧打道回府。否则,就别怪我对你不客气!"

侏儒却不卑不亢回答说:"我虽然生来就是住在岩石洞中的侏儒,但是,九个世界的生灵看得起我,都称我为'全智者'。娶你的女儿为妻,本是你们亚萨众神的承诺。我想,无论是谁,都是不能随便就食言吧?"

托尔意识到这个侏儒的确不是随便几句话就能打发走的,决定采取另一种策略。他强迫自己压住了心中的怒火,改变口气,对"全智者"说:"众神的承诺虽然应该恪守,但是我托尔作为父亲,如果我不答应这门亲事的话,你休想把我女儿娶走。不过,既然你是'全智者',我问你一些天地之间的大事吧!如果你能回答我提出的所有问题,我保证让你高高兴兴把我的女儿娶走!"

侏儒"全智者"一直对自己的智慧非常自信,因此,他爽快地同意了托尔的要求。于是,托尔开始发问了。他所问的都是一些天地之间最根本、最复杂的问题。托尔首先从天地日月问起,他问到了云雾、波浪、火焰、昼夜、森林和山川,偶尔也插入一两个关于啤酒之类的古怪问题。这个丑陋的侏儒的确很不一般,所有的问题他都了如指掌,回答得滴水不漏。

当他回答完托尔的最后一个问题时,第一缕黎明的阳光照射进了托尔的宫中。这时候,托尔用手整理着自己的红胡子,得意地微笑着。托尔说:"你的确是我所见过的最能言善辩的侏儒了。你的确学识渊博,天地之间恐怕没人能难倒你。不过,我问你这些问题的目的,只不过是想让你钻进一个圈套。你看,黎明已经降临了,你这个侏儒见到了日光,就只能变成石头了!"

托尔的话刚说完,像所有见不得阳光的侏儒一样,"全智者"已经变成了一块坚硬的石头。

托尔寻找巨锅

为了寻找一口硕大无朋的酿造啤酒的锅,托尔乘着山羊车来到了巨人休弥尔所居住的巨人国。在同休弥尔的较量中,托尔取得了胜利……

巨人安吉尔掌管着大海,他有九个美丽的女儿。安吉尔曾经访问过亚萨园,受到众神的热情款待。因此,他和亚萨神结成了好朋友。每年冬天,安吉尔都要请所有亚萨神到他家中,参加盛大的欢庆宴会。

在一次宴会上,雷神托尔却无缘无故地对安吉尔出言不逊,说他不过是一个只配为亚萨神们端酒送水的小人物。安吉尔非常不高兴,于是,他想出了一个为难托尔的办法。他对众神说:"诸位,由于我找不到一个足够大的巨锅,所以我无法为大家酿造啤酒了。托尔既然是力量神,我建议让他去找一口这样的巨锅。"大家立即表示赞同。于是,托尔只好坐着他的山羊车寻找大锅去了。

被芬里斯狼咬掉了右手的战神泰尔对托尔说:"如此巨大的酿造锅,在九个世界中,只有巨人休弥尔才有。但是,住在人间中间园以东的休弥尔,是个性格非常暴躁、蛮横有力的恶魔。想从他手中抢夺巨锅,非常不容易!"

于是,托尔越过千山万水,来到了人类中间园的东边尽头。他把山羊车藏了起来,装扮成一个年轻人,来到了巨人休弥尔居住的地方。休弥尔的母亲是一个有九百个头的女巨人,样子非常可怕。她对这个登门拜访的年轻人没什么好声气。休弥尔的妻子却是一位贤惠而热情的妇人,她客气地用啤酒招待托尔。

就在托尔喝啤酒的时候,房子外面传来了雷鸣般的巨大脚步声。休弥尔的妻子对托尔说,因为她的丈夫是个脾气暴烈也非常不好客的人,所以托尔最好能躲起来。于是,托尔就躲到了房梁上挂着的巨锅里面。但是,休弥尔走进家中后马上发现了异样,当他用锐利的目光向房梁扫射时,房梁上的木头竟纷纷断裂,巨锅也摇摇欲坠。躲在巨锅中的托尔因此只能硬着头皮走了出来,和休弥尔寒暄一回。

休弥尔本人对这个来访的年轻人很不耐烦,根本没把托尔放在眼里。他只是忙忙碌碌地从牛群中拖出三头母牛,宰杀后让他的妻子做晚餐。吃饭的时候,托尔抢先吃掉了两头牛肉。休弥尔非常恼火,同时也感觉到这个年轻人好像大有来头。

第二天早上,托尔要求和休弥尔一起去海边钓鱼。休弥尔嘲讽托尔虽然年轻,但软弱无力,帮不上他的忙。不过,他最后还是勉强同意了。出发前,托尔问休弥尔用什么做鱼饵,休弥尔粗暴地回答说:"你真愚蠢!这样的问题简直就不该问!你应该自己去找鱼饵!"

休弥尔的恶劣态度不断激起托尔的怒火。好多次,他都想拿出神锤打死休弥尔。不过,想到自己来这儿的目的,托尔暂时忍住了满腔怒火。

为了寻找鱼饵,托尔在休弥尔的家中到处搜寻。他走进休弥尔的牛群中,拧下了最大的一头牦牛的头,作为鱼饵。然后,托尔回到海滩,和巨人一起划桨出发。巨人看见托尔拧下了他家的牛头,就对托尔发了一通火。当然,托尔还是不动声色,盘算着一个巨大的计划。

小船行驶了很远以后,休弥尔停下了桨,说是到了钓鱼的地方了。托尔却坚持说还要到更远一点的地方。巨人不甘示弱,只好随托尔继续划桨前进。不过,他警告托尔说:"前面的水域非常危险,从没有人去那里钓过鱼。因为那条围绕大地的中间园的魔蛇就躲藏在下面。"

托尔对巨人所说的话无动于衷。当然,巨人休弥尔不知道托尔此行的真正目的。托尔想趁这个机会,消灭掉这条恶魔般的巨蛇。

到了海水最深的地方,托尔停下船。他用最锋利的鱼钩和最牢固的钓线,把拧下来的牛头垂放进了水中。这条巨大的魔蛇是洛奇和女巨人所生的怪物。魔蛇看到一个硕大的牛头缓缓落入水中,立即把它吞吃掉了。于是,锋利的鱼钩牢牢地钩住了魔蛇的下腭,魔蛇疼痛难忍,拼命挣扎。托尔看到魔蛇已经上钩,立即显出了力量之神的本色。他全身充满了亚萨神的千钧神力,双手紧紧抓住钓线,把那巨大的魔蛇从海底拉了出来。在托尔把魔蛇拉出海面的时候,他的双脚也踏破了船底。

巨人休弥尔看到这个文弱的年轻人竟然能钓起中间园的魔蛇,转眼就变成了亚萨园的力量之神托尔,大吃一惊。而当他看到托尔把巨蛇拉出海面,那雷光闪烁的眼睛和魔蛇凶狠的绿色巨眼对峙的时候,他非常恐惧。就在托尔取出神锤,准备击打那魔蛇的天灵盖的时候,休弥尔因为极度恐惧,抽出渔刀割断了托尔的钓线。魔蛇立刻潜入了海底,任凭托尔在船上愤怒地咆哮。

回家的时候,托尔因为没有能够成功地杀死魔蛇而闷闷不乐。因为自己的胆小恐惧,导致托尔的失败,休弥尔感到非常过意不去。当然,他又不愿向托尔臣服,就感到更加恼火。到家后,休弥尔想出了一个主意,打算为难托尔以挽回一点面子。于是,他拿起一个小巧精致的酒杯对托尔说:"你在钓鱼的时候的确表现得很勇敢,但不能说干什么都强壮有力。如果你想让我承认你是真正的英雄,除非你能把我手中的这个酒杯打碎!"

托尔当然没把这个小小的酒杯放在眼里,他接过酒杯,往一根石柱上摔去。奇怪的是,那根石柱被击得粉碎,但那小小的酒杯完好无损。这时候,巨人的妻子偷偷地告诉托尔:"这只酒杯是用天下最硬的物质制成的,任何东西都不能把它击碎。不过,巨人休弥尔的天灵盖比这只酒杯还要硬,是唯一能击碎它的东西!"

听了女巨人的话,托尔喜出望外。于是,他再次拿起酒杯,出其不意地向休弥尔的天灵盖砸去。果然,酒杯应声而碎。现在,休弥尔无话可说了,只能对托尔唯唯诺诺。当托尔提出要拿走他的酿啤酒的巨锅时,他也答应了。

休弥尔眼睁睁地看着托尔拿着他的大锅走了。

托尔躲过了劫难

为了逃命,洛奇向巨人发誓,他要让托尔赤手空拳来到约顿海姆,以便巨人们在托尔没有神锤的帮助下攻击他。

一次,亚萨神中最不安分的洛奇,借了芙蕾雅的神物"鹰的羽衣",飞出了亚萨园。当他飞到巨人国时,发现了一座很大很豪华的宫殿。洛奇虽然见多识广,但他从来不知道这儿还有这样一个好地方。于是,他好奇地飞到了宫殿旁,从高大的窗户外往里边窥视。

巨人吉洛德和他的两个擅长妖术的女儿就住在这座宫殿里。吉洛德看到窗外有一只巨鹰,觉得很蹊跷。于是,他立即叫仆人们捉住这头大鹰。仆人们为了抓住它,爬上了高高的窗户。洛奇看见这些可怜的仆人在墙上爬得气喘吁吁,觉得十分好笑。他并不急着飞走,而是停在那里逗弄他们。但是,洛奇一不留神,发现自己已经没有了退路,因为那些仆人突然抓住了他的羽衣。

洛奇被带到巨人面前,他企图蒙混过关。当吉洛德问话时,他还是装成一只无辜的鹰的样子,好像什么也没看见,什么也没听见。但是,巨人吉洛德早就看穿了他的把戏,就不和他多说什么。吉洛德让仆人用一只箱子把他锁了起来,然后扔进了漆黑冰冷的地窖。

三个月后,洛奇才被放了出来。站在吉洛德面前,这一次,被囚禁和饥饿折磨了三个月的洛奇,一五一十地交代了来龙去脉。为了逃命,洛奇向巨人发誓,他要让托尔赤手空拳来到约顿海姆,以便巨人们在托尔没有神锤的帮助下攻击他。

洛奇逃回亚萨园，编造谎言骗过了众神。几天之后，托尔像通常一样，让洛奇陪他去东方和巨人作战。洛奇觉得时机已到，欣然前往。当他陪同托尔到了巨人国约顿海姆时，洛奇趁托尔不注意，偷了托尔的神锤、力量带和铁手套，然后逃之夭夭。受了洛奇的欺骗，托尔只好无可奈何地来到了他的情人——巨人中的女豪杰格莉德家，暂时安顿一个晚上。格莉德告诉了托尔有关巨人吉洛德要与他为敌的事情，并且把自己的力量带和铁手套借给了托尔，让他抵御强大的敌人吉洛德。

第二天一早，托尔告别情人，走向了巨人的宫殿。没走多远，前面就出现了一条大河，非常宽阔。托尔系上女巨人的力量带，把行李捆成一团，涉水过河。但是，当托尔走到河中央时，河水突然涨了起来，汹涌地淹过了他的肩头。这时候，托尔抬头发现巨人的一个女儿正分腿站在河的两岸，使用妖术煽动河水不断地往上涨，企图把没有武器在身的托尔淹死。托尔从河底摸上一块巨石，用力击中了那女巨人。巨人被击中后，仓皇逃跑。托尔安全地到达了对岸。

托尔到达了吉洛德的宫殿后，巨人假惺惺地热情接待了他，并且立刻让仆人把托尔带到客房中休息。这客房虽然非常豪华，但只有一把椅子。托尔未加思索，一屁股坐了下来。不料，他刚刚坐下，椅子竟突然升了起来，并以飞快的速度带着托尔向高高的屋顶撞去。托尔马上运用神力，使出全身的力量往下坠。要不是他系上了情人的力量带，肯定不可能发出巨大的力量，把椅子压回地面；然而，就在椅子落地之时，椅子下发出了碎裂声和两声惨叫。原来，巨人的两个女儿躲在椅子下装神弄鬼，用法术提升椅子。托尔运用神力，压断了她们的脊梁骨。

托尔立即冲出客房，来到巨人宫殿的大厅里。吉洛德正在用熊熊的烈焰锻炼一种利器，准备用来对付托尔。他见托尔突然冲进大厅，愤怒地向他逼来，知道谋害他的计划又告败露，便拿起在烈焰中炼得又红又热的利器向托尔掷去。

托尔正好戴着情人给他的铁手套,他一把接过了利器,举过肩头,瞄准了吉洛德。吉洛德吓得魂不附体,连忙闪身躲在了一块厚厚的铁板后。托尔扬起手臂,将利器用力向铁板掷去。结果,利器击穿了厚铁板,同时穿透了吉洛德的胸膛,也击穿了宫殿的大墙,远远地落在了宫殿外面的山坡上。

　　托尔转身返回亚萨园,他的步伐坚定而有力。现在,他一心想着怎样收拾他的那位不够义气的朋友洛奇。

亚萨园中的女神们

亚萨园中有许多美丽的女神,掌管着人类的爱情、婚姻和誓言。有的负责让男女彼此爱慕;有的则专门消除男女之间的矛盾,让有情人都成为恩爱夫妻;也有的则监督男女之间的山盟海誓,让负心的人受到惩罚……

在神国亚萨园中,许多女神和众神一样拥有崇高的地位。她们参加众神的集会,共同决定亚萨园中的大事。

奥丁的妻子芙莉格是许多亚萨神的母亲,是亚萨园中地位最崇高的女神。她和奥丁一样,富有智慧,能够预测未来。正是因为她早就预知了神和亚萨园将来会遭到毁灭的必然命运,她平时在亚萨园中表现得非常沉默,很少和众神交谈。她和奥丁不住在一个宫殿里,因此,她和奥丁也很少说话。

在芙莉格那金碧辉煌的巨大宫殿里,芙莉格通常坐在一辆纺车前,纺织着金子的丝线。她的忠实侍女——亚萨女神芙拉,一直站在她的身边。但是,谁也不知道芙莉格为什么终日都在纺织这种金线。

事实上,从芙莉格的纺车上纺织出来的似乎不是丝线,而是金子一样的秘密和预言。

对人类来说,芙莉格是婚姻和生育的保护神。当人类中的男人和女人结成夫妻后,芙莉格总会赶去祝贺和保护他们。那些没有孩子的夫妻,以及那些难产的妇女,只要真诚地向芙莉格祈祷和求助,也总能如愿以偿。

奥丁的女儿莎加是亚萨园中的公主，居住在一个最秀丽的宫殿中。莎加的宫殿建筑得像水榭一样，四周环绕着清澈的流水。众神之主奥丁有时会来到这里，在他心爱的女儿莎加的侍候下，畅饮美酒，倾听细浪拍击宫殿基座的美妙声音。当然，美丽高贵的莎加还有一项重要的任务——掌管历史。

除了莎加，亚萨园中的许多女神都是众神之后芙莉格的侍女。她们通常协助芙莉格管理亚萨园的内务，为人类掌管婚姻、爱情和生育等事务。

芙拉是芙莉格的贴身侍女，她的专职就是为芙莉格管理箱子和鞋子，寸步不离地侍候芙莉格。芙拉是个脖子上系着丝带的美丽少女，只有她才知道芙莉格的全部秘密。

女神吉芙恩也是芙莉格的侍女，她年轻而美丽，是一位纯洁的少女。因此，她也是人类中处女的保护神。当人类中的年轻处女不幸死亡后，就会来到她的宫殿，成为她的侍女。

后来，吉芙恩和约顿海姆的一个巨人相爱，为他生下了许多孔武有力的儿子。在一次人间的旅行中，吉芙恩到了现在称为瑞典的地方。她装扮成一个说古的女人，给人们讲了许多有趣的故事，因而受到人们的欢迎。后来，那个地方的国王吉尔腓也请吉芙恩到宫中为他说古。讲完故事后，吉尔腓国王非常满意，决定赐给这个善于说古道今的女人一块耕地——耕地的面积以四头公牛一昼夜所能翻耕的地方为界。不料，这个亚萨女神到巨人国牵来了四头力大无穷的犍牛翻耕土地。这四头犍牛正是吉芙恩和巨人所生的四个儿子，他们天生神力，把土地翻耕得又深又广，整个大地都被翻了起来。犍牛们又把翻起来的泥土拖往西边的大海中，填出了一片很大的土地。吉芙恩把这片土地命名为西兰岛，她自己成了西兰岛的保护神。

亚萨园中还有一些女神，主要掌管人类的爱情、婚姻和誓言。她们有的负责让男女之间互相产生好感，彼此爱慕；有的则专门消除男女之间的矛盾，让有情人都成为恩爱夫妻；也有的则监督男女之间的山盟海誓，让负心的人受到惩罚。

伊敦女神和青春苹果

伊敦女神和青春苹果突然失踪了,亚萨园中立即发生了危机。吃不上青春苹果的众神很快就开始衰老。他们头发变白了,失去了往日的青春活力……

伊敦是著名的侏儒伊凡尔第的女儿,是亚萨园中美丽的女神之一。后来,她嫁给了奥丁的儿子——诗歌之神布拉奇,成为亚萨园中的青春女神。

伊敦女神不仅美丽,而且大方热情,对所有的神祇、精灵和侏儒都和气友善。在亚萨神的每一次宴会上,她都是和芙蕾雅、西芙一起,热情地为众神斟酒。

在亚萨园中,伊敦女神的主要职责就是为众神保管一种神奇的苹果。所有的亚萨神都会定期到伊敦那里吃这种青春苹果,让青春常在。否则,他们就会像人类一样衰老,甚至死亡。因此,青春苹果是亚萨园中最重要的宝物,伊敦女神非常小心地看管着这些苹果,把它们放在一个精致的金篮里。

一次,众神之主奥丁携同洛奇和海纳一起外出游历。三位亚萨神跨越过高山和荒野,经过了很长一段旅程,最后来到了一个荒凉的山谷中。他们饥肠辘辘,就抓住了一头在山坡上吃草的小公牛。洛奇和海纳杀掉了小牛,架上火,在一棵高大的橡树下烧烤牛肉。接着,三位亚萨神就坐在草地上,等牛肉烧熟。

他们觉得牛肉已经烧熟了,便走到火堆旁准备饱餐一顿。但是,

他们发现牛肉竟然还是生的。众神只好耐心地又把牛肉烧了很长时间，可是，那牛肉仍然是生的。就在众神感到莫名其妙的时候，身边的大橡树上传来了令人毛骨悚然的尖笑声。他们抬头一看，发现橡树上面停着一只庞大而丑陋的苍鹰，正扬声狂笑。

这只由巨人塞亚西装扮而成的苍鹰对众神说："你们要想吃到烧熟的牛肉，必须得分给我一份。否则，我会让这牛肉永远也熟不了！"

亚萨神们无奈地答应了它的要求，苍鹰立即从橡树上飞了下来，栖息在烧着的牛肉旁边。不一会儿，牛肉就烧熟了，散发出阵阵诱人的香味。

但是，还没有等亚萨神靠近牛肉，这只令人厌恶的苍鹰就把小公牛身上最好的腿肉抢走了。饿得最厉害的洛奇怒不可遏，抓起一根很粗的树枝，用力向苍鹰打去。可是，那巨鹰身形一抖，立即拍动翅膀飞上了天空。它在飞上天空前，用铁爪抓住了洛奇向它打来的树枝，而那树枝的另一头却奇怪地牢牢黏住了洛奇的手掌。就这样，苍鹰拖着洛奇，把他带上了天空。

苍鹰飞出一段距离以后，便降低高度，让洛奇正好撞上山崖上尖利的岩石和树根，把他撞得伤痕累累，四肢的骨骼几乎全部脱落下来。洛奇只能大声地向苍鹰求饶，答应要为苍鹰再烧上若干头小牛肉。

苍鹰看到懦弱的洛奇已经无法支持下去了，便告诉他说："我根本就不想吃什么小牛肉，只想得到亚萨园里最美丽的女神伊敦和她的青春苹果。如果你不答应把伊敦和苹果给我，我就会这样一直地飞下去，直到把你撞得粉身碎骨！"

洛奇只得对苍鹰发誓，一定会给他想要的东西。于是，苍鹰就把洛奇扔到地上，满意地独自飞走了。

洛奇找到奥丁和海纳的时候，只字不提伊敦和青春苹果。他编造了一个在巨鹰爪下勇敢脱身的故事，把所有的亚萨神都蒙在了鼓里。

回到亚萨园后，洛奇为他自己的毒誓很伤脑筋。他心怀鬼胎，盘算着怎样把伊敦和苹果送到巨人手中。在约定的那一天，当伊敦女神独自在她的宫殿里的时候,洛奇进来了。他装出对青春苹果十分关心的样子说:"我这次和奥丁、海纳一起出去游历的时候,在一片小树林里竟然发现了和你的青春苹果一模一样的许多苹果。为了认真鉴定这种苹果是不是青春苹果,我特意来请你带上你的苹果,去那片树林比较一下!你能答应我吗?"

伊敦女神知道她的青春苹果是宇宙间独一无二的神物,并不相信洛奇所说的话。但是,她看到洛奇那一本正经的样子,就将信将疑地带上她的一金篮苹果,和洛奇出发了。当他们到达那片树林后,凶狠强壮的巨人塞亚西装扮成苍鹰抓走了伊敦和青春苹果。出卖了伊敦的洛奇,却安然地回到了亚萨园。

伊敦女神的突然失踪,使得亚萨园里发生了危机。吃不上青春苹果的众神很快就开始衰老了。他们头发变白了,失去了往日的青春活力。于是,众神聚集在奥丁的巨大宫殿里,讨论这一严重事件。

在会议上,众神回想起来最后见到伊敦的时候,是她和洛奇一起走出了亚萨园。于是,大家都认为此事和洛奇有关。奥丁立即命令托尔把借故不参加会议的洛奇抓来审汛。

洛奇被抓到会议厅的时候,知道东窗事发,便一五一十地交代了事情的来龙去脉。最后,他声泪俱下地恳求众神宽恕他的这次过失,保证用一切力量把伊敦女神和青春苹果从巨人手中夺回来。出于对伊敦和青春苹果的考虑,众神勉强同意了他的恳求,让他将功赎罪。爱情女神芙蕾雅也把她的宝物"鹰的羽衣"借给了洛奇,帮助他找回伊敦和青春苹果。

洛奇穿上"鹰的羽衣"后,立即飞往巨人塞亚西居住的山区。当他飞抵塞亚西的宫殿时,发现伊敦女神正拿着盛苹果的金篮,独自坐在花园中,而巨人塞亚西则摇船出海捕鱼去了。

洛奇喜出望外,马上飞到了伊敦身边。他也不和伊敦说话,就把她和苹果变成了一颗果核,衔在嘴里,立即腾空向亚萨园飞去。就在这时,巨人塞亚西回家了。他一看伊敦和青春苹果不见了,而一只形迹可疑的大鹰刚刚从这里飞走，马上意识到是大鹰带走了伊敦。他也变成了一只巨大的苍鹰，紧紧追赶。

巨人塞亚西比洛奇更强壮有力，因此，他的飞行速度比穿着"鹰的羽衣"的洛奇要快得多。这样，他和洛奇之间的距离越来越近，在即将到达亚萨园的时候，他差不多就要追上洛奇了。

众神看见远处一前一后飞来了两只鹰，知道洛奇已经夺回了伊敦和青春苹果，而后面追杀他的那只苍鹰，一定就是巨人塞亚西。于是，众神带着许多刨花和干柴，登上了亚萨园宽阔的围墙。当洛奇拼命飞越过围墙，落在亚萨园中的时候，墙头上的众神便齐声高喊，同时点燃了刨花和干柴。紧紧追赶洛奇的巨人在高速飞行中一头冲到了墙头上。熊熊的火焰立刻烧掉了他的翅膀，他掉落到了墙头上。亚萨神一拥而上，立即把他杀死了。

亚萨神们重新得到了伊敦女神和她的青春苹果，一个个都重新焕发了青春。

爱情女神芙蕾雅的金项链

一次,芙蕾雅来到侏儒国。在一家侏儒的作坊外,她看见里面有四个著名的侏儒刚刚打造出了一条美丽无比的项链。芙蕾雅立即钻进石洞,打算用重金买下这条项链。但是,四个侏儒既贪财又好色,他们故意拒绝了芙蕾雅的要求……

爱情女神芙蕾雅在亚萨园中享有崇高的地位,是女神中的首领。她原本是华纳神,后来和她的父亲诺德以及孪生兄弟夫雷一起来到了亚萨园。芙蕾雅以其美丽和崇高的神格获得了众神的尊敬。

芙蕾雅的美丽是亚萨园的骄傲,在全部九个世界中无与伦比。因此,许多巨人都贪恋芙蕾雅的美色,企图把她弄到巨人国。为了芙蕾雅,巨人国中最伟大的工匠在亚萨园中建造了高大的围墙。当然,巨人首领塞留姆乘机盗走了托尔的神锤,也为此丢掉了性命。芙蕾雅温情如水,在欢宴上,如果没有芙蕾雅斟酒,就会索然无味。

芙蕾雅到了亚萨园后,嫁给了亚萨神奥德。奥德经常离家远行,长时间没有音信,芙蕾雅非常伤心。于是,芙蕾雅常常到各个世界去寻找薄情的奥德。当美丽的芙蕾雅在各地伤心流泪的时候,她的泪水如果渗进了石头,石头就会变成金子。因此,世界上许多地方都有了金子,而且,有的地方把金子称为"芙蕾雅的眼泪"。

芙蕾雅是爱情女神,掌管着人类的爱情和男女之间的山盟海誓。同时,她也和奥丁、芙莉格一样,为亚萨园的命运和安危时时操劳。她在亚萨园的宫殿庞大而宏伟。有时候,华尔克莱们从人间挑选来的那些牺牲的战士,有一半也交给芙蕾雅,让她在她的宫殿里进行训练。芙蕾雅有一辆豪华的车辆,由两只雄健的猫拉着。芙蕾雅的"鹰的羽衣"更是亚萨园里的一件神物,穿上它,谁都可以在天空中自由飞翔。当然,经常向她借"鹰的羽衣"的,就是那个神出鬼没的洛奇。

芙蕾雅的美丽,不仅在于她天生丽质,也在于她有一条全世界最美丽的项链。像所有金子的宝物一样,芙蕾雅的这条项链也是由侏儒打造的。一次,芙蕾雅来到侏儒国,在一家侏儒的作坊外,她看见里面有四个著名的侏儒刚刚打造出了一条美丽无比的项链。芙蕾雅立即钻进石洞,打算用重金买下这条项链。但是,四个侏儒既贪财又好色,他们故意拒绝了芙蕾雅的要求。然后,他们告诉芙蕾雅,唯一可能得到这条项链的条件是,他们和芙蕾雅一起享受肉欲的快乐。

爱情女神芙蕾雅爱美心切,有点神思恍惚。于是,芙蕾雅就在侏儒的阴暗洞穴中度过了四个夜晚。最后,她得到了项链,马上戴在她天鹅一样美丽的脖颈上,回到了亚萨园。

芙蕾雅的隐私不幸被洛奇知道了。洛奇马上添油加醋地向奥丁打小报告,把芙蕾雅的隐私说得不堪入耳。奥丁非常气愤,命令洛奇把那条项链弄来作为证据,让芙蕾雅受到一些教训。

于是,洛奇挖空心思,想神不知鬼不觉地从芙蕾雅的脖子上盗走这条项链。洛奇趁芙蕾雅睡觉的时候,来到了她的睡房外。洛奇发现芙蕾雅的睡房锁得严严实实,根本无法进去。他变成了一只苍蝇,到处寻找可以飞进去的空隙,但处处碰壁。最后,洛奇在屋顶上发现了一个比针眼大不了多少的小洞,用尽了九牛二虎之力才挤了进去。

进屋后,洛奇飞到了芙蕾雅的床边,发现她睡得又香又甜。但是,她脖子上项链的连接处被她紧紧地压着,洛奇无法把它打开。于是,洛奇马上又变成了一只跳蚤,跳上芙蕾雅的玉颈叮咬。芙蕾雅被咬醒了,翻了个身,又睡过去了。这下,项链上的锁扣露在了上面。洛奇迅速恢复了原形,轻手轻脚地把项链解了下来,然后打开睡房门,急急地回到了奥丁宫中。

第二天早上,芙蕾雅醒来,发现项链不见了。当她发现睡房的门大开着,立刻明白发生了什么。她穿上衣服,随即来到奥丁宫中,想要回她的项链。看着美丽聪颖的爱情女神芙蕾雅,众神之主奥丁的火气立即烟消云散。他慈祥地规劝了她几句,然后把项链还给了她。从此,芙蕾雅的玉颈上就永远戴着这条美丽绝伦的项链。当然,那个多管闲事的洛奇,从此也就多了一个难听的称号——"偷项链的贼"。

印加神话

赋予世界生命的人——帕查卡马克

很久以前,秘鲁所在的地方荆棘丛生,漆黑一片。一天,创世主帕查卡马克来到这里。他心血来潮,随手就造就了第一批人类和飞禽走兽……

很久以前,今天秘鲁所在的地方还是荆棘丛生,漆黑一片。这儿既不见光明,也没有昼夜之分。一天,创世主帕查卡马克来到这里。在印第安通用语中,"帕查卡马克"就是"赋予世界生命的人"的意思。他心血来潮,随手就造就了第一批人类以及飞禽走兽。然后,他就隐居在后来的科利亚地区的一个风景秀丽的湖中。那个湖就是今天的喀喀湖。

又过了很多很多年,帕查卡马克打算回到遥远的宇宙中去。于是,他离开了湖中。此时,大地仍然是一片漆黑,他所创造的那批人虽然已经开始了原始的生活,但还不懂得向赋予他们生命和灵魂的创世主感恩戴德。他们整天指着天空骂骂咧咧,甚至还向走出湖面的帕查卡马克扔石块、吐口水。帕查卡马克非常生气,就把他们都变成了石雕像……

心平气和之后,帕查卡马克仔细回味了那些野蛮人的抱怨。他这才发现,由于自己的疏忽,他给这些人的生活带来了许多不方便。于是,他决定重新来过。

他来到湖中小岛的那个小山洞里,召集众神商讨如何给黑暗中的世界带来光明。在众神的推荐下,帕查卡马克也决定由孔蒂拉雅·维拉科查男神和基利亚女神兄妹俩结成夫妻,承担这项任务。孔蒂拉雅作为太阳神掌管白昼,金星是他的前驱后卫,风雨雷电是他的仆役。而月亮女神基利亚掌管夜间照明,昂座七星是她的仆役。在每个月中,基利亚可以抽出三天时间整理太阳宫中的事务,尽一些主妇的义务。

分派完毕,帕查卡马克叮嘱他们说:"你们兄妹夫妻不辞辛劳,用自己的光和热哺育世间万物。你们就是世间万物的衣食父母。为了酬谢你们的奉献精神,你们的长子女及后代,就是那一方土地的主人。希望你们好好教化他们,以历数十二为一个周期。请你们一定要记住!"

于是,帕查卡马克指导太阳和月亮由东往西,交替运行。他还宣称:当太阳升起的第一束光线照射进喀喀湖小岛上的小山洞时,就是新人类生命的开始。

做完了这些工作后,帕查卡马克神就在现在的第亚爪纳科,按照人的模样雕刻了许多石像,其中包括普通百姓、首领、孕妇、带着孩子的妇女,以及许多还在摇篮中的婴儿石像。他把这些石像放在一边,然后,在另一边同样也做了许多石像。最后,他命令众神在那些石像上刻上名字,安排他们在哪些地区居住,繁殖后代。

就这样,当太阳从东方升起时的第一束光芒照亮了喀喀湖小岛的小山洞时,世界上的一群新生命就诞生了。

帕查卡马克把其中两个人留在自己身边,然后对其他的人说:"你们朝着太阳落山的方向走吧,把那些人们从溪泉、河川、山洞和林莽中呼唤出来,并教给他们生存的技巧。"

于是,那些人出发了。他们分别遵照神的旨意,到达了各自应该去的地方。他们到达目的地后,就呼唤着石像上的名字,高声宣谕:"你们出来吧!就居住在这块荒无人烟的土地上,这是创世主帕查卡马克的旨意!"

于是,人们便从四面八方跑出来了。从此,这块土地上就有了人。

等一切都按照自己的意图安排妥当后,帕查卡马克又对留在自己身边的那两个人说:"你们是太阳神的第一束光线所赋予的生命,你们俩的身上有着太阳神的意志,你们的子孙,将帮助太阳神的儿子成就伟大的事业,成为印加王族的一部分,你们俩一定要牢牢记住!好了,你们也按照前面那些人的样子,把人们呼唤出来!"

于是,这两个人分别走向了钦查(北方)和昆蒂(西方),并约定在西北方会合。

现在,帕查卡马克径直走向了库斯科。库斯科位于安蒂(东方)和昆蒂之间的中心地带,他沿着通往卡什马尔克的山间小道走着,一边走一边把人们呼唤出来。当他来到卡恰省卡纳斯人的聚居地时,卡纳斯(意为"火灾")人不仅没有认出他们的创世神,反而一个个全副武装,杀气腾腾,想把他杀死。帕查卡马克马上从天上降下火焰,焚烧他们居住的山头。那些印第安人惊恐万状,纷纷扔掉手中的武器,爬向帕查卡马克,乞求宽恕。于是,帕查卡马克召来一根木棍,到有火的地方打了两三下,大火就被扑灭了。这时,印第安人中一个机灵的人认出了他就是创造世间万物的神。

帕查卡马克继续赶路,以便完成自己对太阳神许下的诺言,为他的子女选中一个建立王国的好地方。他到达距离库斯科三十千米的一座小山上坐了下来,呼唤出一批印第安人。然后,他带领他们来到库斯科,并向他们预言说:"你们就在这里安居吧!一群大耳朵来到这里的时候,他们中间就有太阳神的长子和长女。他们就是你们的首领,是你们子孙后代的国王和王后!"

说完,帕查卡马克向西走去。

太阳神

  一天,美丽的考伊拉坐在树下乘凉。太阳神变成一只美丽的小鸟,站在树上。他用自己的精液变成了一枚熟透了的果实。不久,考伊拉生下了一个男孩,她不知孩子的父亲是谁。于是,她乞求神明……

  尽管太阳神孔蒂拉雅·维拉科查是世间万物的创造者,但有时候也会搞些恶作剧寻开心。他常常装扮成一位衣着褴褛、邋里邋遢的乞丐在村里游荡,任人耻笑。

  那时候,村子里有一个名叫考伊拉的美丽姑娘,天上诸神都钟爱着她。可是,她从未向谁表达过自己的爱情。

  一天,美丽的考伊拉坐在鲁克玛树下乘凉。孔蒂拉雅变成一只美丽的小鸟,站在她坐着的那棵树上。他取出自己的一滴精液,使它变成了一个鲜亮而熟透了的果实,跌落在她跟前。考伊拉捡起了果子,津津有味地吃了下去。不久,她就怀孕了。九个月后,她生下了一个男孩。她不知这孩子的父亲是谁,也不知道自己是怎样怀孕的。当孩子会爬的时候,考伊拉祈求众神,希望能告诉她孩子的父亲是谁。

  众神穿戴整齐,兴高采烈地来到了考伊拉家里。他们都希望能成为她的丈夫。考伊拉对他们说:"啊,尊敬的神!我邀请你们到这儿来,是想让你们了解我心中的苦闷。我的儿子已经一周岁了,可我还不知道他的父亲是谁?我很想见他一面。我是贞洁的,我从未和任何一个男人亲近过。这一点,我想你们心里都很清楚。请你们坦率地告诉我,你们当中谁必须对我的不幸负责?我想知道,谁是我儿子的父亲?"

众神面面相觑,谁也不忍心拒绝考伊拉的请求。这时,孔蒂拉雅正装扮成一位穷苦人的模样,坐在角落里。美丽的考伊拉根本就没正眼看他,因为她无论如何也没有想到他正是她要找的人。

见众神都不说话,考伊拉非常着急,她高声说:"既然你们谁也不敢承认,那就只好让孩子自己去认父亲了!"

说完,她就把襁褓中的孩子抱出来,放在地上。小家伙立即歪歪斜斜地爬向衣衫褴褛的孔蒂拉雅,兴高采烈地张开两臂,抱住了孔蒂拉雅的大腿。

考伊拉见状,羞愧难当,不禁悲从中来。她扑到孔蒂拉雅身边,一把抱过孩子,高举着他,转过身声嘶力竭地喊:"难道我这样一位貌比天仙的处女,竟然会嫁给这样一个邋遢的乞丐?天哪!什么时候我才能洗刷净我的耻辱?"

说完,她就飞身而起,绝望地向海岸跑去。

刹那间,孔蒂拉雅摇身一变。他身穿富丽堂皇的金色衣裳,浑身放射出万道光芒。他迅速地离开了惊愕不已的众神,紧紧追赶考伊拉。

他柔情万状地呼唤着:"考伊拉!我亲爱的!你回头看我一眼吧,看我是多么英俊体面!"

可是,骄傲的考伊拉对他的呼唤根本不屑一顾,她头也不回地对他说:"我知道我的孩子有这么一位穷酸的乞丐父亲就已经足够了。我根本不想看见你!"

说完,她消失在了远方。

孔蒂拉雅一路不停地追赶着。一边走一边大声呼喊:"停一停,考伊拉!你哪怕就看我一眼!你在哪里,我怎么看不见你们?"

他在路上遇到了兀鹰,他问兀鹰是否见到了考伊拉和他的孩子。兀鹰回答说:"她就在离这儿不远的地方,快追!你一定会赶上她的!"

孔蒂拉雅感激地对兀鹰说:"从现在起,你是不死的!你可以随意在高空翱翔,在高山之巅筑巢,谁也不会打扰你。从现在起,任何动物的尸体,你都可以用来充饥。只要是没有主人的禽兽,你都可以猎杀。谁胆敢杀你,必然没有好下场!"

孔蒂拉雅继续往前走,遇到一只臭鼬,问他是否见过考伊拉。

臭鼬回答说:"你就不要白费劲儿了!你无论如何也赶不上他们的!"

于是,孔蒂拉雅神便诅咒臭鼬说:"从现在起,你只能在黑夜里走出你的洞穴,而且,你将浑身散发出臭气。所有的动物都会躲开你,人类都憎恶你,捕杀你!"

孔蒂拉雅又往前赶了一程,遇到了一只美洲狮。孔蒂拉雅便问美洲狮是否见过考伊拉。

美洲狮回答说:"只要你心中装着她,她就离你很近。你最终一定会追上她的!"

于是,孔蒂拉雅神对美洲狮说:"从现在起,你将得到大家的尊敬,大家都敬畏你,你是百兽的法官,可以裁决它们的生死。在你死后,你将享受到崇高的荣誉。杀死你的人可以把你的毛皮剥下来,但需要把你头部的皮也剥下来。他们可以保存你的牙齿,但必须在你的眼窝里放上一对宝石。这样,你可以虽死犹生。在重大的节日,人们将披上你的毛皮,把你的头顶在自己的头上。"

接下来,孔蒂拉雅神又遇到了狐狸。狐狸对他说:"你别追了,反正你也追不上!"

孔蒂拉雅诅咒他说:"从现在起,人们一看见你就会追赶你,没有人尊重你。在你死后,你的尸体都没人掩埋!"

后来,孔蒂拉雅又遇上了苍鹰。苍鹰告诉他说,考伊拉就在前面不远。于是,孔蒂拉雅对苍鹰说:"从现在起,大家都敬重你。每天清晨,一只由小花蜜哺养长大的小鸟将成为你的食物。那些打死你的人,为了表示对你的敬重,必须宰杀一只美洲豹。在喜庆节日上,人们会把你的头戴在自己头上!"

孔蒂拉雅继续往前走,遇到几只鹦鹉。它们对他说:"你是不可能赶上考伊拉了!"

于是,孔蒂拉雅对鹦鹉们说:"从现在起,你们将永远没有安宁,人们会因为你们学舌而贩卖你们,囚禁你们,憎恨多嘴多舌的你们!"

最后,他来到大海边,看到考伊拉和他的儿子已经变成了石头。孔蒂拉雅十分悲伤,痛苦地在岸边徘徊。

这时,他看到两个美丽的少女,由一条大蛇守护着,站在一块高高的岩石上。她们是巴恰卡玛的女儿,她们的母亲去大海里看望考伊拉去了。孔蒂拉雅想把她们解救出来,便想法让那大蛇扭转身子。他伸手把姐姐抱了过来。当他想去抱妹妹的时候,妹妹却变成一只白鸽飞走了。从此,印第安人就把少女称为"乌尔比",也就是"鸽子"的意思;把少女的母亲称作"乌尔比—华恰克",也就是"鸽子妈妈"的意思。

那时候,大海中还没有鱼,只有鸽子妈妈的养鱼池中有不多几条。孔蒂拉雅为了惩罚鸽子妈妈私自探望考伊拉,就把她那养鱼池中的鱼全都放走了。现在,大海中所有的鱼,都是鸽子妈妈鱼池中的鱼的后代。

鸽子妈妈从小女儿那里知道了所发生的事。她追上孔蒂拉雅,和颜悦色地对他说:"亲爱的孔蒂拉雅,你梳过头吗?你的头发里有些什么东西?"

孔蒂拉雅笑着坐在她身边,把头放在鸽子妈妈的大腿上。鸽子妈妈假装替他整理头发,却暗暗命令岩石说:"快过来,压在孔蒂拉雅的头上!"

当然,她的这点小聪明根本就骗不了孔蒂拉雅。他对她说:"你稍等等,我有事儿,得离开一会儿。"

鸽子妈妈刚一放手,孔蒂拉雅就溜回圣地去了。

众神之家

帕查卡马克神走后,众神就在风景如画的尤凯依山谷建立了众神之家。起初,大家相安无事,各自都小心翼翼。但是,时间长了,他们渐渐放肆起来……

帕查卡马克神率领众神创造了人类之后,觉得有必要安排一些人代表自己,管理分散在各地的神祇。帕查卡马克神知道,那些神祇虽然对他唯命是从,但一旦离开他各散五方,他们肯定什么事都能做出来。

于是,帕查卡马克把地上的众神都召集起来,规定了他们的长幼尊卑顺序:

伊科纳忠厚老实,有长者风范。他是人间所有神祇的父亲,代替帕查卡马克监管众神。

大地女神契利比亚博爱仁慈,像母亲一样哺育着众生,被尊称为众神之母。帕查卡马克让她代替他尽心哺育繁衍地上的万物生灵。

牧神波克夫是长子,他仁爱善良,帕查卡马克让他掌管飞禽走兽的生死繁衍,以及人类的狩猎、牧养等事。

空气神丘兹库特是次子,他公正廉明,掌管民风民俗,驱除邪恶。

酒神欧米图·契特利是三子,主管婚丧红白、祭祀庆典一类事务。

四女图拉索图尔特是淫荡女神,主管男欢女爱一类事务。

五子煞神维特修普·契特利主管恩怨仇杀和战争事务。

六女埃斯图雅克是风神,主管花草树木的荣枯和音乐等事情。

七女雨神特拉洛克主要负责让草木发芽、开花等事情。

帕查卡马克为众神分派完任务之后,便消失在茫茫天空中。

帕查卡马克神离去后,众神就在风景如画的尤凯依山谷建立了众神之家。起初,大家相安无事,各自都小心翼翼,有理有节,都担心言行不当,会受到帕查卡马克的惩罚。但是,时间长了,他们偶尔做下的一些荒唐事,并没有受到责难。于是,大家逐渐放肆起来。

一次,酒神欧米图·契特利躲在深山老林里,酿造出了一种烈性老酒。他回到众神之家,对众神说:"这是我新酿的好酒,绝对香醇可口,我给它取名叫'三杯倒,千日醉'。你们想不想喝一点?"

妖冶绝伦、美艳非凡的图拉索图尔特立即飘到酒神身边,撇了撇她那可人的小嘴,眼睛里流露出万种风情。她娇滴滴地对酒神说:"哼!你吹牛!你的酒有我香吗?有我可口吗?嗯!不就是那甜不甜、酸不酸的米浆吗?有什么了不得的?"

酒神也放肆起来,他的动作也越来越轻浮。他说:"只要喝上一口,保管比你更令人心旷神怡,嘿嘿!"

这时候,煞神在一边哇哇大叫:"你这兔崽子,三年不见你了,原来你偷着喝酒去了!如果你的酒还像以前那样倒胃口,就别怪我的拳头硬!"

酒神咧着嘴喊:"嘿,嘿!不信就走着瞧!保管三杯就把你这大黑熊醉倒!"

"好了,好了!别耍嘴皮子了!是骡子是马,就牵出来遛遛得了!"

风神雨神叽叽喳喳地飘过来,夺过酒神手中的酒坛子,打开了盖子。满屋子立即飘荡着浓郁的酒香,众神不由得猛吸了几口香气,连声称赞"好酒"。而且,风神、雨神竟然被酒香熏得摇摇晃晃,大声呼喊:"我醉了!我醉了!"

酒神洋洋得意地喊:"哈哈,怎么样?瞧瞧!"

于是,众神纷纷起身,争抢那一坛酒,很快就一喝而光。

没多久,众神都东倒西歪,酩酊大醉。

众神之父和众神之母醉得最厉害，其他人都先后醒了，他俩还在沉睡中。

众神带着酒意，如同脱缰的野马，由着性子，把人间弄得乌烟瘴气——

男女老幼在图拉索图尔特的诱惑下，男追女跑，淫秽不堪……

大地上风雨失调，一会儿下雨，一会儿飘雪；一会儿狂风大作，一会儿风和日丽……

到处烽烟四起，杀声震天，刀光血影，人类互相残杀……

牧神波克夫看到人们如此失去理智，还不如禽兽，便心灰意冷地赶着他的牲畜走进了深山老林，再也不愿露面。

丘兹库特一边忙于东奔西跑劝化民风，收拾残局；一边警示风雨神，要她们重新让大地上风调雨顺。

煞神维特修普·契特利野性难收，被丘兹库特追得四处奔逃。后来，他干脆跑到穷乡僻壤，在那里安营扎寨，为非作歹。他躲着丘兹库特不再回众神之家，丘兹库特也乐得眼前清静，而且也实在无力去管束他。

图拉索图尔特的歹毒是最难消除的。她身形变换不定，常常隐藏在人群中，和丘兹库特捉迷藏。她不回众神之家，丘兹库特拿她一点办法都没有，只好任由她东荡西飘。

风神、雨神本来天真单纯，但见其他众神都各自寻找欢乐，自己却被拘束得规规矩矩，心中很不平衡。于是，姐妹俩一拍即合，趁着丘兹库特整日东奔西走，替图拉索图尔特擦屁股的时机，就堕落到人间，尝试人间烟火的滋味。

她们降生到偏僻的互拉卡山上的一户姓丘尔卡的中年夫妇家中。丘尔卡夫妇俩中年得女，认为这是天赐的福气，对两个宝贝女儿百般宠爱。让老两口感到骄傲的是，两姐妹现在已经亭亭玉立，出落得像鲜花一样美丽。当然，她们早就把神的身份忘得一干二净了。

现在，姐姐名叫谷兰，妹妹叫布蕾斯比图。这两个名字都是克丘亚语中的芳草名。人们分不清两人谁最漂亮,谁最迷人。

谷兰每日清早都要去附近的山谷中取泉水,因为那山泉是从高高的山顶沿着碎石小溪蜿蜒流聚在那石塘之中的,滴水成珠,清凉甘洌。有一天,她刚盛满水罐,停身下来梳洗打扮,正好有位少年打此路过,看见了谷兰的秀丽身姿,不禁惊为天人。

山谷对面住着一位俊逸潇洒的少年,名叫恩依瓦雅。少年迷上了谷兰,常常情不自禁地来找她聊天,彼此都在对方的心里留下了难以磨灭的印象。从此,每天清晨,恩依瓦雅都会来到泉水边,陪谷兰聊天。渐渐地,就像所有情窦初开的少男少女们那样,爱情的种子就在他们心里萌芽、开花了。

一天,痴情的小伙子告诉谷兰,等收了庄稼,他的父母就会带着聘礼去她家求亲。

谷兰感到非常幸福,但她把爱情的甜蜜隐藏在心底,担心被父母和妹妹知道。同时,她又暗自准备着嫁妆。

一天,谷兰陪妈妈到邻近的小村里去看望亲友。第二天回来后,那种甜蜜的幽会突然中断了。恩依瓦雅再也不到泉塘边来了,好像总在躲避着她。谷兰百思不得其解,她不清楚他为什么会这样?

恩依瓦雅究竟是怎么了?

原来,妖冶淫荡的图拉索图尔特女神在谷兰外出那天,碰巧路过那道山谷。她见池塘里的水非常清澈,便脱得一丝不挂,跳下去梳洗起来。这时,恩依瓦雅心急火燎赶来和心上人幽会,她以为是谷兰在那里洗澡,便蹑手蹑脚走过去想吓她一跳。

图拉索图尔特察觉有人走近,便偷眼瞄了一眼身边水中来人的倒影,见是一位俊美少年,不由得春心荡漾。于是,她便从水中站起来,引诱恩依瓦雅。恩依瓦雅发现这个人并不是谷兰,满脸通红,不知所措。他稍稍镇定了一下情绪,闷声不响地转身走了。图拉索图尔特见少年毫不心动,恨得牙痒。当她平息了自己的欲火之后,突然灵光一现,她说:"原来是这么回事!这两个平日假正经的小贱人,居然也会动凡心,看我怎么收拾你们!"

这时,她正好看见布蕾斯比图(也就是雨神)来打水,她便躲在树林里,盘算着怎么整治她们。正巧,她又看到恩依瓦雅转身回来了,便眼珠一转,计上心来。

恩依瓦雅鬼使神差地来到正在打水的布蕾斯比图跟前,向她求爱。不要说布蕾斯比图根本不清楚恩依瓦雅同谷兰的关系,就算心知肚明,也难以逃脱图拉索图尔特诱惑的魔力。她被小伙子的深情所打动,向他敞开了爱情的心扉。女神不失时机地挑逗这两个少男少女的情欲,让她们尝试放纵的滋味。

突然,丘兹库特手持帕查卡马克的诛神宝剑,站在了图拉索图尔特的身后。她吓得魂不附体,乞求怜悯和宽恕,还说从此再也不敢胡作非为。丘兹库特被她导演的这出还没有结束的人神悲剧气得怒目圆睁。他大声呵斥:"你这妖孽,居然对自己的姐妹施展妖法!看在你的身体还有药用价值的份儿上,我铲除你的淫心,留下你的身躯供人们采摘!"

说完,丘兹库特便挖出了图拉索图尔特的心脏,把它变成一颗殷红的宝石,放进鹿皮囊中。他转身看了看那两个沉浸在情欲欢乐中的年轻人,不由得哀叹一声。已经注定的事,他无法挽回,只好悄悄地走了。

后来,在图拉索图尔特被杀的地方长出了一棵草,印第安人称它为"古柯"。服用一点点,就可以提神治病。吃多了,就会情欲泛滥,因为那里面留有淫荡女神的毒性。

自从偷食了禁果之后,恩依瓦雅和布蕾斯比图便一发不可收拾,经常幽会。小伙子还打算立即结婚。

一天晚上,丘尔卡全家像往常一样围坐在篝火边聊天。布蕾斯比图对恩依瓦雅赞叹不已,并露出口风,他们俩准备很快结婚。谷兰听后,感到五雷轰顶,眼前一阵昏黑。妹妹的话像砸在她胸口的一记重槌,让她透不过气来。好在她善于控制自己,她竭力掩饰着内心的剧痛。恩依瓦雅对她突然疏远了,原来是有了新欢。她感到心口疼痛难忍。

很快,恩依瓦雅和布蕾斯比图结了婚,并建立了幸福的小家庭。他们无忧无虑,日子过得如同山谷中的清泉一样甘甜。然而,对于谷兰来说,欢乐已经不再,痛苦却永不消失。不久,恩依瓦雅家里多了一个小男孩,而孩子的母亲因为产后极度虚弱,身体一天天恶化。谷兰在忧郁和痛苦中慢慢枯萎。后来,雨神被丘兹库特接走了,回到了众神之家。然而,谷兰却在父母的精心照料下开始恢复了青春活力。

现在,恩依瓦雅已经绝望了。他决心弥补给谷兰造成的创伤,希望重新得到她的爱。一天早上,谷兰在院子里晒太阳。恩依瓦雅从房间里走出来,跪在她的脚下,痛哭流涕。他一面哭泣,一面诉说着恋情,苦苦地请求她宽恕。然而,谷兰却不会再接受他的爱情。

恩依瓦雅又向岳父母求情,两位老人这才知道了女婿见异思迁的行为,以及前一阵谷兰消瘦的原因。他们严厉地斥责了这个负心汉,但见他准备弥补过失,要同谷兰结婚,便原谅了他。

一天晚上,大家又聚在一起。恩依瓦雅突然说:"孩子不能没有母亲,而对孩子来说,最好的母亲就是谷兰。爸妈,请允许我和谷兰结婚吧!"

谷兰猛地站起来,怒气冲冲地说:"做你的梦吧!"

说完,她一甩头就离开了家。

不久,谷兰完全恢复了健康,变得更漂亮。

恩依瓦雅一直没有放弃重新得到谷兰的努力。他利用各种机会到她家,但谷兰始终无动于衷,像逃避瘟神一样躲着他。

由于恩依瓦雅纠缠不休,谷兰越来越厌倦这种东躲西藏的生活。她想得到解脱,便请求巫婆的帮助。她向巫婆讲述了自己惨痛的经历,表示永远也不想见到那个男人。

丘兹库特幻化成的巫婆问:"你打算怎么办?"

谷兰说:"我想变成我名字所象征的那种芳草。"

巫婆说:"好主意!你还有什么要求?"

谷兰说:"我要成为一株任何人都无法拔起来的小草!"

巫婆说:"我可以让你如愿以偿,但你能给我想要的东西吗?"

谷兰说:"你要什么?"

巫婆说:"给我织一块披巾,上面要染上五颜六色。我还要五颗蜂鸟的心,五张万年青叶子,和一块祖先磨制过的陨石。"

谷兰说:"可以,我一定给你带来。"

谷兰历尽千辛万苦,终于把所有的东西都交到了巫婆手里。巫婆惊讶地说:"你果真是痛定思痛,完全抛弃了凡心!现在,一切都准备好了!以后,只要在你认为合适的时候,只要你默念'丘兹库特,你显灵吧',你就会如愿以偿!"

一天早上,谷兰挑水的时候,恩依瓦雅突然像幽灵一样出现在她面前。她想跑,可是恩依瓦雅紧紧地抱住了她的腰。谷兰迫不得已,默念道:"丘兹库特,显灵吧!"

这时,她的耳边响起了一种声音:"终于幡然悔悟了!"

然后,她感觉到自己被什么东西拖向了空中。她如梦初醒,扑进丘兹库特神的怀抱。丘兹库特把隐藏在他身后的雨神也拉了过来,把她俩紧紧抱在怀里。

突然,谷兰失去了人形,变成了一棵生机勃勃的小草。

寻找太阳之子

一天早晨,当太阳光刚刚照在喀喀湖心小岛上的那个小山洞的时候,太阳之子牵着一位贵夫人,披着金光,从洞里走了出来。他用金弹弓向石头上打了一弹……

1. 巨魔来了

被帕查卡马克神最后分派出去的那两个神,一个叫通巴,一个叫通贝。他们带着自己呼唤出来的印第安人来到松巴,就在那里落户居住。通巴和通贝是非常精明能干的首领,他们所管辖的老百姓都能安居乐业。

不久,他们想起了自己的使命。于是,他们决定:通贝带几个人出海去南方找寻太阳之子,一年后回来报告情况。一年过去了,通贝没有回来,也没有任何音信。事实上,通贝已经死了。那些跟着他的人到达奇利后,在那里建立了奇利国。

通巴以为派出去的人已全部遇难,非常难过。通巴年老体衰,不能寻找他们的下落。他积虑成疾,不久就离开了人世。临死前,他说:"无论如何,一定要派人去寻找太阳之子。一旦找到了他的踪迹,就要追随太阳之子,举族迁移。"

通巴有两个儿子,大儿子叫吉通贝,小儿子叫奥托雅。通巴去世不久,兄弟俩为了争夺家庭控制权闹得鸡犬不宁。

哥哥吉通贝为人比弟弟宽宏大量,为了避免兄弟间的不和,他决定远离故土,去完成父亲的遗愿。于是,他召集自愿追随他的人走了。他到达了一片位于大海边的宁静大平原,定居了下来,等待太阳之子的消息。在那里,他建了一个村庄,为纪念去世的父亲,就把这个村庄命名为通巴斯。

在离开故乡之前,吉通贝已经同一位名叫伊斯琴的美丽姑娘结了婚。他走的时候,伊斯琴怀孕了,不能跟他一起走。临行前,吉通贝答应说,过一段时间他就会回来。后来,伊斯琴生了一个非常漂亮的男孩儿,取名为瓜亚纳依,意思是燕子。

吉通贝把居民安顿好后,又派人继续远去寻找。许多天后,这些探险者沿着海岸来到了里马克。这就是现在秘鲁首都利马城坐落的地方。然后,他们按原路返回,经过了许多环境优美、适合移民的地方。可是,他们还是没有获得太阳之子的消息。

吉通贝的弟弟奥托雅留在松巴,忍受着孤独、寂寞。没有哥哥教导他、协助他执政,也没有人督促他,他变得越来越放浪,常常不理朝政,贪图酒色。于是,他手下的官吏决定暗杀他,但一直没找到合适的刺客。不久,阴谋败露,奥托雅逮捕了阴谋者,还残酷地诛杀了许多无辜的功臣良将。又过了没多久,一批形象丑陋、令人毛骨悚然的巨大食人魔鬼进入了他们的领地。

这些巨魔是从海上乘着木筏来的。他们身体的比例和普通人差不多,但特别高,头特别大,眼睛像盘子或碟子,脚大得无法形容。他们长发飘飘,有的身披兽皮,有的却一丝不挂。他们在松巴上岸以后,建立了一个类似村落的居住点。由于找不到水,他们就在岸边的岬角山岩上挖了几口非常深的井。然后,他们就在附近寻找食物,把凡是能够找到的东西全部吃光。他们的胃口大得惊人,终日饥肠辘辘。于是,他们就带着巨大的网捕捞鱼虾,还抓住奥托雅的族人,把男人们杀了吃掉,对妇女们进行奸淫。

奥托雅聚集族人商讨对策,但根本动不了他们一根毫毛,反而激怒了他们。他们逮捕了奥托雅,把他关进山洞。然后,他们就在光天化日之下干着罪恶的勾当。最后,他们终于触怒了太阳神。

一天,当他们又在进行犯罪时,一团骇人的烈火呼啸着从天而降。火团中走出一位浑身闪闪发光的小天使,手执一柄光芒四射的利剑。小天使挥剑一劈,就把巨人全都杀死了。大火立即就把他们吞没了,只剩下几块碎骨。巨人被神歼灭后,印第安人虽然终于摆脱了灾难,但他们的首领奥托雅却死在了石洞里。

吉通贝听说巨魔到达了他的故乡,无恶不作,非常恐慌。于是,他决定让族人们躲藏起来。他下令修造了许多小船,连在一起,带着族人一起在大海中漂流。第二天,他们发现了一个小岛。

吉通贝上岸一看,发现岛上土地肥沃,果实累累,其中有玉米,他们称为"布纳"。他们喜出望外,决心在这里安家落户,暂时不再返回大陆了。不久,他们发现这岛上非常干旱,长年滴雨不下。听说巨魔被天神歼灭后,他们就迁移到了基图山区,在那里建了基图村。这里虽然也干旱少雨,但有河水,有土地。于是,他们就在这里兴修水利,并为帕查卡马克建筑了一座富丽堂皇的庙宇,为它献祭。寺庙竣工之后不久,吉通贝就死了。族人们按照古老的习俗,把他埋葬在山上。吉通贝的另一个儿子托梅,是一个严厉而残暴的人,十分好战。他是第一个通过战争掠夺他人土地,并统治别国臣民的人。他下令制作各种进攻和防御武器,后来,他当上了基图国王。

2. 爱情女神伊斯琴

吉通贝的妻子伊斯琴望眼欲穿,始终不见丈夫回来,她认为他把她忘记了。因此,她对丈夫的爱情和忠贞就变成了刻骨的怨恨,但她无法报复。于是,她带着儿子瓜亚纳依,偷偷地离开了族人们聚居的村落,来到唐卡山顶。她对儿子讲述了祖辈们所受的神谕,然后跪在石头上,低着头,含着热泪,祈求帕查卡马克神和太阳神为她主持正义,惩罚他那负心的丈夫。

她的祈求惊动了帕查卡马克。于是,帕查卡马克诅咒吉通贝的另一支后裔,将成为太阳王朝十二历数之后的应劫者,永远遭受世人的唾骂。这位应劫者就是带有基图王国血统的阿塔瓦尔帕。他发动内战,篡夺了同父异母的哥哥印加王瓦斯卡尔的王位,还残杀印加王族,把印加王国六百年基业拱手送给了西班牙殖民者。

帕查卡马克诅咒完毕,天空中顿时乌云密布,雷电交加,狂风大作,飞沙走石。几小时后,狂风过去了,天空非常晴朗。然而,在西南部,狂风仍然没完没了。附近海域的渔民都知道命运女神伊斯琴又在诅咒发怒了。他们必须喊着"伊斯琴",才能够死里逃生。

伊斯琴对帕查卡马克神感激不尽,想把儿子瓜亚纳依杀了祭祀他。她叫儿子洗净前额,然后把他放在堆满干柴的岩石上。

帕查卡马克神和太阳神见此情景,大吃一惊,赶忙商议对策。当伊斯琴点着火的时候,太阳神让一只天鹰把那孩子叼走了。伊斯琴见孩子被叼走,心里也感到了一些安慰,便跳进了火堆中,决心自焚来报答帕查卡马克神。帕查卡马克见伊斯琴如此刚烈,便封她为命运女神,专门负责管理人间的爱恨情仇。

3. 瓜亚纳依到了无人岛

神鹰遵照太阳神的旨意,把瓜亚纳依扔到了海中的一座名叫瓜纳的岛上。瓜亚纳依吃野果和草根,谁也不知道他的下落。

时间很快就过去了,瓜亚纳依快二十岁了。他总觉得小岛漂浮在海上,很不安稳。而且,他也厌倦了岛上的孤独生活。于是,他做了一只木筏,漂到附近的海岸上。那里群山环绕,真是一个五彩斑斓的世界!这时候,海上突然飘过来了一只独木舟。船上的人见到瓜亚纳依,不由分说地就把他捆起来牵走了。对此,他无能为力,只好听天由命。

那些人把瓜亚纳依带到附近的一个大村落,交给了自己的首领。首领了解了他的身世,以及他在孤岛上生活的原因后,就没舍得立即把他吃掉。他们按照部族的习俗,决定在隆重的祭祀族神庆典中,把他当作上等的牺牲品。于是,他被关进了一所坚固的房子。

瓜亚纳侬身材高大,五官端正,皮肤洁白,头发鬈曲,肩宽腰圆,魁梧英俊。而且,他才华横溢,谈吐不凡。当地几乎所有的人都到监狱来参观过他,因为像他这样新奇的出身和来历,的确非常令人感兴趣。凡是看过他的人,都赞美他魁梧的身材和迷人的魅力。

首领的女儿西卡尔也去见了瓜亚纳侬,非常爱慕他,决心拯救他,终身陪伴他。但是,她想不出解救他的办法。最后,瓜亚纳侬的母亲——那位被帕查卡马克册封为命运女神的伊斯琴,变成一只小黄莺,飞进了西卡尔的梦中,向这位痴情的小蛮女传授了锦囊妙计。

于是,西卡尔按照伊斯琴的计谋,开始了解救行动。她找机会和瓜亚纳侬单独会谈。这位美丽的小姑娘告诉心上人,他的处境非常危险。然后,她羞红着脸对他说,只要他愿意,她将冒着生命危险搭救他。不过,她叮嘱他,无论在什么情况下,无论他去哪里,都必须把她带在身边。

瓜亚纳侬聚精会神地听完她的话,又惊又喜。让他吃惊的倒不是死神的逼近,而是梦中母亲的预言即将实现。他终于明白,他的母亲确已经成了神,他感到非常欣慰。于是,瓜亚纳侬郑重其事地对西卡尔说:"你能把我从死神身边夺回来,我将感谢你、爱你一生一世,忠贞不渝。"得到了心上人郑重其事的允诺,西卡尔羞喜万分,幸福地匆匆离去。

晚上,机灵的小姑娘西卡尔便从父亲那里偷来了一把斧子,来到了囚禁瓜亚纳侬的屋子。她要求看守的卫兵把瓜亚纳侬交给她,以便洗刷干净,准备第二天祭祀大典用。卫兵见首领的女儿来了,手中拿着信物,自然就按照她的吩咐做。就这样,西卡尔把瓜亚纳侬从囚牢中顺利地救了出来。

于是,他们就匆匆逃走了。在路上,他们遇到了六个夜间巡查的哨兵。迫不得已,瓜亚纳侬只得大开杀戒,手持防身斧头,和他们展开搏斗。为了防止他们呼喊,他以迅雷不及掩耳之势,杀死了四个士兵。

其余两个士兵见势不妙,飞快地逃回去向首领报告。

瓜亚纳依抓紧时间带着情人来到海边。西卡尔事先安排了四名心腹侍女,准备好了小船在这儿等待他们的到来。

瓜亚纳依熟练地驾着小船,很快逃到了海上。在伊斯琴女神的护送下,他们顺利地回到了瓜纳岛,就在这里开始了他们的新生活。

瓜亚纳依非常高兴重返家园,他领着娇妻西卡尔和四位心腹侍女,参观了他的小小岛国。

他们在岛上安顿了下来。许多年就这样过去了,他们生下了许多儿女。而且,瓜亚纳依立下规矩,只有他与西卡尔生下的儿女,以及他们的儿子与女儿结婚所生的子女,才能继承一家之主的地位。瓜亚纳依与其他四位侍妾所生的儿女,只能作为家庭成员,听从一家之主的调遣,协助完成家务。当他们再次与外界接触时,家庭人数已经相当可观。不过,这时候,瓜亚纳依已经去世了。临死前,他让儿子阿塔乌继承了他在家中的地位。阿塔乌在印第安语中是"愉快、幸福"的意思——这就是印加王宅的第一位正儿八经的父亲。

阿塔乌治家理岛的本事非常高,他到晚年时,岛上已经有八十多号人口。因此,这儿的食物和淡水必须按人头定量分配。尽管人力物力有限,但阿塔乌始终执着地派人四处打听太阳之子的消息。他虽然没有得到任何消息,但也了解到附近陆地上的一些情况。他知道无法和陆上的那些野蛮部落一争高低,所以才没迁居到陆地上。阿塔乌临死前把儿子奥基召来商量对策,他非常赏识他的这位长子。的确,奥基很有远见,精明强干,而且为人谨慎和蔼。他做事情特别有耐心,有闯劲。那时,奥基二十五岁。

阿塔乌临终前,指定奥基为一家之长、一岛之主。

4. 找到了太阳神之子

奥基三十多岁的时候,已经把家中的男女老少训练成了一支人数虽少,但非常骁勇善战的军队,决定实施父亲的使命。他对大家说:

"现在,我们小岛上的居住条件越来越困难了,我们必须离开孤岛,才能壮大我们家族的势力。况且,我们小岛附近就有安全的陆地,我们应该竭尽全力去占领它。尽管岛上野果很多,但我们总不能老是靠野果为生。"最后,他宣布:"谁要是不愿走,我也决不会勉强。"但是,所有的人都表示愿意听从奥基的调遣。

于是,他们便全力以赴准备迁移。根据当时小岛上的物力人力和造船的能力,他们建造了足以承载两百人的独木舟和其他船只。然后,他们就毫不犹豫地举家搬迁,去迎接海上的风浪,以及陆地上那些野蛮部落的挑战。

结果,除少数几只船被风浪冲散了之外,绝大多数船都漂流到了里马克海岸。第二天,海上狂风暴雨大作,陆地上更是地动山摇。在春季的早晨,这种暴风雨是十分罕见的,印第安人把这看作是某种不吉祥的预兆,便匆匆上船,继续漂泊。

几天后,他们来到了依卡。印第安把这一带海岸统称为里马克,意思是"讲话"。因为当时地震引起了海啸,发出巨大的隆隆声。他们认为那就是天神在讲话。在依卡上岸后,他们决定不再回到海上,因为在海上航行更艰难。

他们穿过了数不清的河谷,翻过了一道道山冈,历尽千辛万苦,来到一处崎岖不平的山地,也就是现在的科利亚高原。在那里,他们发现了巨大的喀喀湖,他们以为到达了另一片海洋,大家都感到惶恐不安,不知所措。然而,奥基却胸有成竹,因为帕查卡马克神和太阳神在出发前,就给了他非常明确的启示。他嘱咐大家暂时在原地安营扎寨,他说:"我先在周围看看,如果在最近一个月圆夜还没回来,你们就分成几个组来寻找我。"说完,他就沿着湖岸走了。离开之前,他叮嘱家人,如果在路上找不着他,有人问起他,就说他寻找太阳之子去了。

奥基走后,大家焦急地等啊等啊,始终不见奥基的踪影。大家都认为他已经遭遇了不幸。于是,便分成几组,去找寻他和太阳之子。他们逢人便讲述他们寻找太阳之子的故事。由于他们装束奇特,每个人都有一双硕大无朋的大耳朵,似乎应验了相传的帕查卡马克神预言,因此,他们所到之处,都受到了当地人的热情款待。再加上他们分散行动,一传十,十传百,很快便轰动了从库斯科到喀喀湖周围的整个地区,许多部落也迅速加入到寻找太阳之子的行动中来。

这时,他们得到了一条重大的消息:太阳之子在喀喀湖出现了!

人们争相传言:某一天早晨,当太阳光刚刚照在喀喀湖湖心小岛上的那个小山洞的时候,太阳之子像太阳一样牵着一位贵夫人,披着金光,从洞里走了出来。走出山洞后,他用金弹弓向石头上打了一弹,响声十里之外都能听到。而且,还在石头上留下了一个非常巨大的窟窿。

瓜亚纳依家族和所有这块土地上的部落,听说太阳之子已经在那里出现,都深信不疑。因为那既与帕查卡马克神的预言相吻合,又和太阳第一束光照射在那里的说法一致。所以,大家都兴高采烈,决定前去朝拜。人们选了一个好日子,相约来到喀喀湖边。瓜亚纳依家族主持了太阳神的祭祀大典。他们宰杀了各部落奉献的名贵牺畜,并从参与祭祀的人们的眉心取出了鲜血。

祭祀完毕,太阳出来了。它的光芒射向卡巴克托科山洞,洞口被笼罩在一片辉煌灿烂之中。这时,太阳之子曼科·卡帕克和他的妻子披着满身金光,手握一根两米长、两指粗的金棒出现在洞口。在朝阳的光辉里,他们显得更加高贵。

曼科·卡帕克这位天之骄子在万民的景仰中,带着他的王后来到人们面前,在一片洋溢着欢乐与吉祥的和谐气氛中,在人们狂热的朝拜声中,曼科·卡帕克——第一代印加王接见了各地的酋长和首领,并让他们亲吻了他和王后奥克略的手。这一地区的所有酋长和首领,都受宠若惊,诚惶诚恐地向印加王表示臣服。他们敬奉帕查卡马克为创世神,高呼太阳神是他们的主神。

然后,印加王曼科·卡帕克和王后奥克略带领所有的人,祭拜太阳神的恩惠。接着,曼科·卡帕克向大家详细叙述了他的父亲——太阳神托付给他的重任和训谕。

亡国之兆

在预言声和太阳神的诅咒声中,印加帝国走到了尽头。从此,太阳的儿女的血统便不存在了……

1. 亵渎太阳神

印加王维拉科查曾经留下的可怕预言,很快就被印加诸王们忘得一干二净。因为他们不仅没有发现预言应验的任何蛛丝马迹,相反,他们的帝国反而越来越强大。因此,他们不仅开始怀疑他们一向敬仰的维拉科查国王的预言的准确性,也怀疑太阳神。他们在祭祀时常常流露出懒散的神情,这正是历代诸王所禁忌的。印加王族为此感到非常恐慌。慢慢地,他们发现许多不吉祥的预兆接二连三地出现了。

一天,图帕克·尤潘基在祭祀太阳神典礼结束,瞻仰太阳神宫中的月亮宫时,若有所思地对身边的祭司们说:"大家都说太阳神是永生的,也是世上万物的创造者。但是,我们知道,当一个人创造某种东西时,他应该身在现场。可是,世界上的许多东西在形成时,太阳神并不在场。因此,我认为他不是万物的创造者,虽然他常年旋转,从不停步,实际上并不具有生命力。如果他有生命,就会像我们一样感到劳累不堪。如果说他很自由,那他就能在无边无际的天宇中随意遨游。但是,他从来没有到过别处。他倒像是一头被绑住了的牲口,总是围着一个圆圈旋转。或者说他像一支箭,无论自己是否愿意,只要被射向哪里,就会飞向哪里!"

听完国王的话,祭司们犹如五雷轰顶。他们只好婉言劝国王尽快离开,生怕他再说出什么更难听的话。

国王刚刚离开,晴天里就响起了一声霹雳,一团火球击落在他所站过的地方,把宫室的石顶炸出了一个大洞。祭司们见太阳神发怒了,立即把那里封闭起来。祭司们急忙回到太阳宫中祈祷,请求太阳神的宽恕。

从那以后,印加帝国里就没有发生过任何灾难。到了第十二代印加王瓦伊纳·卡帕克国王时期,不祥的预兆又出现了。

瓦伊纳·卡帕克国王继承王位后,征服了基图王国。他娶了基图国王的女儿,并立她为王妃,从而确立了帝国的北部边界。一天,这位印加王又像他的父辈经常所做的那样,漫不经心地注视着太阳。他身边的那位祭司对他说:"印加王,你在干什么?难道你不知道这样做有失体统吗?"

印加王低下了头,但不一会儿又漫不经心地抬起双眼,凝视着太阳。祭司劝告他说:"我独一无二的君主,你在干什么!现在大家聚在一起,对太阳神表示他们的虔敬和崇拜,而你却抱以这样不敬的态度。"

瓦伊纳·卡帕克说:"我先向你提两个问题,再来回答你刚才的话。我是你们的国王和天下的主宰,你们当中是否有谁敢随心所欲地吩咐我从座位上站起来,再走上很长的一段路?"

祭司回答说:"哪个胆大包天敢这样胡作非为?"

"如果我命令某个酋长立即飞速赶往奇利,谁敢违抗我的命令?"

祭司回答说:"不会的,印加王,即使你命令他去死,也没人胆敢违抗!"

印加王说:"那么我告诉你,我们的父亲太阳神想必有一个比他更尊贵、更强大的主宰,这位主宰或许就是帕查卡马克,他命令太阳神每天毫不停歇地走完这样一段路程。如果太阳神是至高无上的主宰,他应该能按照自己的意愿,停下来休息一会儿!"

说完这些话,印加王瓦伊纳·卡帕克便开始了他的最后一次巡视。这时,有消息传来,卡兰克省发生了叛乱。这个省位于基图王国边界,那里的人极其野蛮,他们凶残地把国王派驻在当地的省督和官员全都杀死了,吃掉了他们的肉,把心脏、人血和人头拿来作祭祀。

瓦伊纳国王非常痛心、愤怒,立即征集军队,并派使者去劝说。但是,那些野蛮人根本不可理喻,还百般侮辱使者,使者侥幸保住了性命。于是,瓦伊纳·卡帕克国王亲自指挥作战。不久,他们击溃了叛军,俘获了成千上万的敌人。印加王下令把他们全都在一个湖边斩首示众。那座大湖因此被称为"亚瓦尔科查",意思就是血湖或血海。

惩治了叛乱者之后,瓦伊纳·卡帕克到基图去。他痛心这场叛乱不是发生在过去,而是发生在他的时代。现在,他已经意识到,这些事就像某种凶兆,预示着一场亡国灭种的血腥屠杀已迫在眉睫。他担心他的帝国将要落入他人之手,他的王室家族也会遭受到彻底的毁灭。

2. 违背神训

印加王瓦伊纳·卡帕克同基图国王的女儿所生的儿子名叫阿塔瓦尔帕。这个孩子长大后,聪明能干,谨慎稳重,骁勇善战。他身材健美,仪表堂堂,深得印加王的喜爱。印加王本想把整个帝国都传给他,但无法剥夺他的长子瓦斯卡尔·印加的合法继承权。可是,印加王还是企图违背祖训,把基图王国交给阿塔瓦尔帕。

为此,印加王瓦伊纳·卡帕克派人传召当时还在库斯科监国的瓦斯卡尔·印加王子。瓦斯卡尔到达后,国王召集所有人开会,商议法定继承人的事。

印加王对瓦斯卡尔说:"王子,根据老祖宗印加王曼科·卡帕克传下来的祖法,显而易见,基图王国应该属于你。但我非常喜欢你的弟弟阿塔瓦尔帕,不忍心看见他一无所有。我愿意看到你们两个都生活得好,因此,我希望在我为你赢得的大片土地当中,把基图王国的所有权和继承权让给他。这样,你的弟弟就具备了无愧他德才的国王的身份。而作为你的好弟弟,一旦他有所依靠,不再一无所有,一定能按照你的吩咐,更好地为你效劳。你看怎么样?"

瓦斯卡尔王子爽快地回答说:"独一无二的印加王,您的儿子我非常乐意服从您的一切旨意。即使需要我让出几个省,我也会同意的!"

瓦伊纳·卡帕克国王非常满意,便吩咐王子返回库斯科。然后,他着手让阿塔瓦尔帕接管基图王国。除了基图王国之外,又给了阿塔瓦尔帕几个省份。总之,他尽可能地为阿塔瓦尔帕创造一切有利条件,即使损害了王储的利益也在所不惜。

3. 月亮神的警示

忽然,有消息传来,一些外来人乘船在帝国沿海地区活动。国王焦虑不安,他急于想了解那是些什么人、来自什么地方。

印加王开始专心治理他的国家,准备应付可能来自海上的突发事变。因为有关那条航船的消息使他忐忑不安,他不由得记起历代诸王传递下来的一条古老的神谕:印加王朝在经历了若干年后,将会遇到外来人的侵略。这种征兆显示前三年,在库斯科还发生了一件怪事,它作为一种被太阳神诅咒的凶兆,让瓦伊纳·卡帕克惊愕不已,也使整个帝国惶恐不安。

那件事发生在瓦伊纳·卡帕克冒犯太阳神之后不久。

当时,印加人正在隆重举行一年一度的太阳神庆典,他们看到一只珍贵的雄鹰从空中飞来,后面有五六只红隼和小游隼紧追不舍。它们轮番扑向那只雄鹰,不让它飞起来,并频频发动攻击,要把它致于死地。雄鹰招架不住,跌落在城中大广场中央,向周围的印加人求救。印加人发现那是一只病鹰,好像生了疥疮,满身都是皮屑,绒毛几乎全部脱落。印加人给它喂食并精心护理,但都无济于事。几天之后,那鹰就死了。

印加王和他的王公大臣们都认为这是一种凶兆,他们的帝国将要衰亡,国家和崇拜的偶像将被毁坏。此外,这里还发生了多次大小地

震,许多高山被倾覆。他们还从沿海的印第安人那里获悉,海潮的涨落也多次超过通常的界限,他们还看到天空中多次出现令人毛骨悚然的彗星。

除了这些令人恐惧的现象外,他们还在一个晴朗宁静的夜晚看到月亮周围有三道大圆环。最里面的一道呈血红色,中间一道是略带暗绿的黑色,最外一道好像一层烟雾。一位占卜师满面愁容,强忍着泪水说:"独一无二的君主,你是否知道,你的母亲月亮神正向你预示,世界的缔造者和维护者帕查卡马克,正在威胁着你的王族和帝国。他将把巨大的灾难降临在你的亲人身上。你母亲身边的第一道血红色的圆环,意味着在你去你父亲太阳神那里安息以后,你的后代之间将爆发残酷的战争。因此,她悲痛欲绝。第二道黑色的圆环预示,你的亲人之间的战争和自相残杀,将导致我们的宗教和国家惨遭毁灭,你的帝国将落入他人之手。第三道圆环酷似云烟,预示着一切都将化为乌有!"

印加王大为惊恐,但他不愿在人前显得非常脆弱,就对占卜师说:"算了吧!你梦见了这些荒诞不经的东西,就把它说成是我母亲的预示,没有任何道理!"

占卜师回答说:"印加王,您可以到外面亲眼看看你母亲的预示,然后再召见其他占卜师,听听他们的解释吧!"

于是,印加王走出寝宫,看了看那些天象,吩咐召见宫廷中所有的占卜师。其中一位巫师来自瑶尤部族,大家公认他道行最高。他也观察了三道圆环,仔细地思考分析,然后向印加王做了与第一位占卜大同小异的解释。尽管这些不祥之兆与自己心中的想法不谋而合,瓦伊纳·卡帕克为了让臣下不要因此而垂头丧气,依然显示出不以为然的样子。于是,他对各位占卜师说:"除非帕查卡马克亲自对我这样说,否则,我决不相信你们的话!难道我的父亲太阳神会那么讨厌自己的亲骨肉?竟会眼睁睁地看着自己的子孙遭到彻底灭亡?"

但是,他心里清楚,灾难已经逼近。不过,在最初的三四年间,人们普遍担心的祸事并没发生。于是,大家又平静下来,安心过日子,直到瓦伊纳·卡帕克去世。

4. 太阳神的诅咒

一天,住在基图王国的瓦伊纳·卡帕克为了消气解闷,就去湖中沐浴而着了凉,接着便开始发烧。第二天,他便感到身体很糟糕,预感到自己即将离开人世。

现在,印加人还看到天上出现了令人生畏的彗星。其中有一颗非常大,绿光幽幽,非常恐怖。而且,它的光正好照在印加王的王宫上。许多与神魔息息相通的人纷纷预言,瓦伊纳·卡帕克国王将不久于人世。而且,他的王族也会在他逝世后遭到血腥屠杀而毁灭殆尽,帝国将会落入他人之手。此外,还有其他的巨大灾难和不幸即将降临。

于是,瓦伊纳·卡帕克国王把随行的子女和亲属,以及各省的文武官员召集到身边,留下了自己的训示和遗嘱:

(一)我逝世之后,按照一贯做法,把我的身体剖开,把身体运往库斯科,和我的父母和祖辈一起,安放在太阳神宫。把我的五脏六腑全都埋葬在基图王国,以表达我对这片土地的眷恋之情。

(二)我的长子、法定继承人瓦斯卡尔王子继承印加王位,成为伟大的印加帝国独一无二的君主,各藩属国和省份要像对历代诸王那样对他效忠。

(三)我最心爱的儿子阿塔瓦尔帕是基图王国的合法继承人,管辖基图王国及附近各省。他应该亲自统兵为帝国征服和扩大领土。作为印加王的兄弟和藩属,他应该向帝国及印加王效忠。

(四)所有王公大臣和各地的领主、省督,必须遵循太阳神和他的祖辈留下的一切规矩和训示,以无愧于太阳之子的高贵血统。

对子女和亲属做了交代之后,国王又传令召见非王室血统的其他统领和头人,劝诫他们忠贞不渝地为他们的印加王和国王效命。

最后,国王说:"多年前,我们伟大的太阳神的儿子维拉科查先王就是从太阳神父亲的诸多启示中获得了神示,并把这些神示作为祖训,代代相传。预言说:太阳神的子孙经历十二代国王之后,将受到外来人的侵犯。从最近发生的事和先兆推测,这些人就是那些在帝国沿海活动的人。他们是卓越的人,在各方面都超过你们。大家知道,我就是十二代印加王。我向你们断言,在我离开你们不久,那些人就会占领我们的帝国。我命令你们服从他们,为他们效劳,和来到这里的人做朋友。因为他们在各方面都比我们优越,他们的法律比我们的好,我们的武器也不如他们有威力。你们不必惊慌,让一切都顺应太阳神的神谕吧!"

果然,在他逝世之后的第六年,基图国王阿塔瓦尔帕便以祭祀先王和宣誓效忠印加王瓦斯卡尔为名发动了内战,囚禁了他的兄长瓦斯卡尔,并篡夺了印加王位。他还诡称商讨国事,让瓦斯卡尔复位,召集所有印加王公和省督等四代以内的王室成员,并把他们一网打尽。从此,太阳的儿女的血统便不存在了。接着,他又把整个印加帝国拱手让给了六七个西班牙人。印加帝国就在预言声和太阳神的诅咒声中走到了尽头。

现在,整个印加王帝国成了西班牙帝国管辖下的一个行省。阿塔瓦尔帕被西班牙人斩杀在库斯科,瓦斯卡尔被囚禁致死,他的儿子印加·曼科被西班牙王室立为印加王,充当了傀儡。

玛雅神话

海 神

突然,她感觉到水中有一只有力的手抓住了她。她非常恐慌。这时候,她听见一个非常温柔、动听的声音对她说:"你别害怕,我不会伤害你的。"

在乌胡尔日海湾的两座岛屿之间,有一条狭长的通道——狡诈海峡。海峡两岸的人主要以捕鱼为生。

许多姑娘经常到岸边来捡贝壳。其中,有一个姑娘长得特别美丽。她捡到的贝壳总是会从手里滑落,因此,她只好再到水里去捡。可是,贝壳一次又一次地滑落得更远。就这样,她越走越远,海水就快淹到她的腰部了。

突然,她感觉到水中有一只有力的手抓住了她。她非常恐慌。这时候,水中传来了一个非常温柔、动听的声音:"你别害怕,我不会伤害你的。我很喜欢你!"

说完,那只手就松开了。她惊慌地回到了家。后来,这样的事接二连三地发生了好几次。只要她一到水里,就会有一双有力的大手把她拉向大海。而且,从水中总会传来缠绵的声音。那声音告诉她说:海底世界非常美丽,有绿色的植物和五光十色的贝壳和鱼类。

有一天,从海里走出了一位英俊的小伙子。他跟着她回家拜见她的父亲,希望能和这位美丽的姑娘结婚。当然,她的父亲没有同意他的请求,他无论如何也舍不得把女儿嫁到海洋深处去。尽管那小伙子花言巧语,讲了许许多多有关海底世界是多么美妙的话,但他的父亲始终无动于衷。

于是,那小伙子就威胁她的父亲说:"如果你不把女儿嫁给我,你会后悔一辈子的!"

然而,这位倔强的老父亲还是不答应这桩婚事。

他们正在争吵的时候,海滩上突然发生了怪事:贝壳不见了,鲑鱼也越来越少,海水开始干涸。人们知道他们将面临饥饿和干渴,个个叫苦连天。

姑娘知道这是那小伙子在作怪。于是,她忧郁地来到海边,跳进水中,请求那小伙子说:"请你不要那样做,把水和食物还给我们吧!"

海神温柔固执地说:"除非你的父亲答应我们的婚事,否则,你们都会被饿死的!"

为了不连累乡亲,老父亲终于忍痛割爱,答应了这门亲事。不过,他对海神提了一个条件。他说:"你必须让我的女儿每年回家一次,让我看看她在那里过得好不好!"

海神愉快地答应了岳父的请求。于是,他带着心爱的姑娘,沿着海峡走了。村子里的人们在岸上目送她,直到她消失在海峡的水流中。他们看见她那长长的头发漂在海面上,很快就消失得无影无踪。

没多久,海里又有了淡水,沿海又有了贝壳和鲑鱼。而且,海神遵守自己的诺言,每年都让他的妻子回一趟家。她每次回乡时,海里的鱼总会比平时多得多。

不知不觉四年过去了,人们发现她的容貌有了很大的变化。第一次,人们看到她的双手和双肩都长满了贝壳。最后一次,人们看见她那漂亮的脸上也长满了贝壳。而且,大家看得出来,她并不乐意从海里出来。当她从村庄里走过的时候,就会刮起阵阵冷风。

于是,她的父亲和大伙儿商量后,就郑重地对她说:"如果你觉得露出水面是件痛苦的事,那么以后就不必回来了!"

从此,姑娘再也没有从海中出来。但是,大伙都知道,她并没有忘记自己的故乡。每当海峡上潮涨潮落时,人们还能看见她那满头的长发在水中时隐时现。他们知道,她正在水中关注着她的亲人。

水 神

一天傍晚,当她洗完澡回家的时候,不知从哪里冒出一个男人。他对她说:"我住在海底的村子里,我注意你已经很长一段时间了。你愿意做我的妻子,跟我到海里去吗?"

在俄勒冈沿岸的一个美丽的小村庄里,住着一位秀丽的姑娘。许多小伙子踏破了她家的门槛求婚,但她谁也没看中。不过,她的五个哥哥急于想给她找个婆家,可她说她不想嫁人。

时间一天天过去了,她依然独来独往。她常常来到村旁的一条小河里洗澡。一次,当她洗完澡回家的时候,天黑了。突然,不知从哪里冒出一个男人。他对她说:"我住在海底的村子里,我注意你已经很长一段时间了。你愿意做我的妻子,跟我到海里去吗?"

姑娘回答说:"不!我不愿意扔下我的哥哥们到远方去呢!"

那男人继续说:"你做了我的妻子,我会让你和你的哥哥们见面的。而且,我所住的那儿离你的家乡并不远。"

姑娘见这个男人长得很精神,而且很成熟,心里也产生了爱慕之情。于是,她说:"那好吧!如果我可以回来探亲,我就跟你走!"

那男人非常高兴,他说:"你抱住我的腰,闭上你的眼睛。我马上带你走!"

姑娘像一只温驯的小羊羔,紧紧地抱住了那男人的腰。很快,他们就沉入了海底很深很深的地方。在海底的村寨里,住着许多小精灵。带那个姑娘走的男人就是五个首领之一。姑娘在那里无忧无虑

地生活了很长一段时间。

他们俩很快就生下了一个儿子。孩子一天天长大了,妈妈亲手为他制作了弓箭,教他练习射击。她经常对儿子说:"你有五个舅舅,就住在我们头顶上的人间。他们有许多箭,比我给你做的好多了。"

有一次,孩子对妈妈说:"咱们到人间去,向舅舅们要些箭好吗?"

母亲回答说:"这件事你得和你爸爸商量。"

其实,水神既不愿让妻子,也不肯让儿子走。不过,他曾经给妻子许下了诺言。最后,他还是同意让妻子独自跑一趟。第二天一大早,海神的妻子就披上了五张海獭皮,浮出了水面。这时候,她的几个兄弟看见了她,以为是真海獭。于是,他们就向她射出了许多箭。她就一会儿沉下去,一会儿浮上来。不过,她的皮毛上却看不见一支箭。

她的五个兄弟觉得很奇怪,便驾着独木舟跟她到了岸边。他们真不明白,他们的箭出了什么毛病。否则,怎么会伤不着她呢?

最后,几个兄弟对这只古怪的海獭失去了兴趣。只有她的大哥还紧紧盯着她不放。当她快要到达岸边的岩石上时,她的大哥追了过来。他走近一看,才知道这海獭原来就是他们失踪多年的妹妹。

她对哥哥说:"我之所以变成海獭来到这里,是帮助我的儿子向你们要一些箭!"

然后,她就向兄弟们展示了那些收集来的箭。她还向他们描述了自己的丈夫和海底的家。

她指着远处说:"我们住的地方离这儿不远。当退潮时,在大海那边就可以看见我们的家。我给你们五张海獭皮,你们可以用它换一些你们必需的东西!"

于是,哥哥们又给了她许多箭,她都快拿不动了。她知道她的丈夫和儿子一定等急了,便向哥哥们道了别。

"我走了!明天,我将送一条鲸鱼到你们的小船旁!"

第二天,岸边果然有了条鲸鱼。她的哥哥们就把鲸鱼分给了村里的人们。

几个月又过去了,姑娘又来到海边的小村庄,还带着她的丈夫和儿子。现在,她的几位哥哥发现,她的腰身变得像蛇一样又细又滑。她和他们再次告别后,过了很长一段时间,他们发现岸边常常有许多海蛇出现。后来,谁也没有再见过她。

从此,每当海蛇来临的时候,五位兄长就把箭给它们。当然,每年夏天,岸边总会放着两条鲸鱼。这就是她对她的哥哥们的答谢。

印第安人的祖先——神女和灰熊

这个红头发的小姑娘就和小熊仔们同吃同住,一起玩耍,一起长大。长大后,她就和灰熊妈妈的大儿子结成了夫妻。过了好几年,他们生下了一个孩子。这个孩子既不像父亲,也不像母亲……

居住在沙斯塔山附近的印第安人从不捕杀灰熊。如果印第安人被灰熊咬死了,他的尸体很快就会被烧掉。以后,凡是路过这里的族人,都会往他的坟上扔一块石头。因此,他的坟很快就会变得非常高大。

很久以前,大地上一片荒凉。天神独自守在天上,非常寂寞。于是,他用拐杖把天空捅了一个大窟窿。然后,他就不断地往洞里播撒雪花和冰块。那些雪花和冰块很快就堆积成了山峰,一直顶到了天上。后来,人们就把这座山叫作沙斯塔。

天神走出云海,来到了沙斯塔山顶,顺着山坡往下走。走到半山腰时,他想:应该在山上种些树木。因此,凡是他手指触摸过的地方,都长出了树木和花草。他脚下的那些融化了的积雪,就变成了一条条奔腾不息的河流。

天神还把他随身所带的拐杖折断了,搓成了大大小小的木屑,抛洒在山林和河水里。这些木屑很快就变成了海狸、水獭和鱼,还有行走在山林里的走兽。他把从树上飘落下来的枝叶收集在一起,吹口气,就把它们变成了飞禽和昆虫。

走兽中最大的就是灰熊。他们浑身上下都长满了灰色的毛发,爪牙锐利无比。灰熊不仅用两只脚走路,而且还会说话。灰熊的样子看起来很可怕,因此,天神就让他们住在远离自己的山脚下。

后来,天神决定和他的家人搬到地上来住。他在山里生起一堆很大的篝火,在山顶上钻了一个洞,烟和火星就从洞口飞了出去。每当他往火堆里添柴火的时候,大地就会震动起来,洞口也会飞出火花和浓烟。

有一年春天,天神和他的家眷围在篝火边闲谈。那时候,风神把可怕的暴风派遣到了地上,把整个山头刮得东倒西歪。大风肆虐着,篝火的烟尘就无法从山顶的洞口排出去,他们被熏得眼泪汪汪。于是,天神就对他最小的女儿说:"你到洞口对风神说,请他轻点刮。再这样下去,我担心咱们的住所就会保不住了!"

当然,能出去逛逛,对于小姑娘来说的确是最开心的事情了。

天神又叮嘱女儿说:"到了洞口,你可别把头伸出去,小心风神抓住你的头发,把你扔到地面上。你和他说话前,要先向他挥手打招呼!"

小姑娘来到山顶洞口,向风神转达了父亲的请求。正当她准备转身回家时,忽然记起父亲曾经说过,从他们家的屋顶可以看到海洋。小姑娘真想看看海洋的模样。

于是,她从洞口探出头去,四处张望,完全忘记了父亲的叮嘱。就在这时候,风神抓住她那长长的秀发,把她从山洞里拖了出去,扔到了冰天雪地里。小姑娘跌落在了森林与雪原交界的一片低矮的云杉林中,她那火红的长发在雪地里闪闪发光。

此时,正在给小熊仔们觅食的灰熊路过这里,发现了小姑娘,就把她带回自己的家。灰熊问小姑娘:"你是谁,从哪儿来?"

灰熊妈妈对小姑娘很热情,还把自己的小宝宝们介绍给了小姑娘。这个红头发的小姑娘就和小熊仔们同吃同住,一起玩耍,一起长大。他们成了非常要好的朋友。

当小姑娘长成了一个大姑娘的时候,她就和灰熊的大儿子结成了夫妻。过了好几年,他们生下了一个孩子。这个孩子既不像父亲,也不像母亲。他身上的毛没有灰熊那么浓,长相也不像诸神。但是,所有的灰熊都为这孩子感到骄傲。灰熊既善良又慈爱。他们为这个火红头发的妈妈和她的孩子专门修了一间房子。房子离沙斯塔山很近,现在被称为小沙斯塔山。

又过了很多年。灰熊妈妈知道自己快要死了,感到非常不安,因为她夺走了天神的女儿。她决定把过去的一切告诉天神,祈求他的宽恕。于是,她把所有的孩子召集到她孙子们的新房里,并让她的长孙到沙斯塔山顶求见天神,告诉他曾经丢失的女儿现在居住的地方。

听到这个消息,天神非常高兴,赶紧下山。他走得太快,脚下的雪都融化了。

他来到女儿的住处,大声呼喊:"女儿,你在哪里?"

他以为他的小女儿还是从前的那个小姑娘呢!

可是,当他看到女儿已经生下了一群怪模怪样的孩子时,他便意识到这些都是他的外孙。他异常愤怒。他恶狠狠地瞪了灰熊妈妈一眼,灰熊妈妈立刻就死去了。于是,他诅咒所有的灰熊:"从今往后,你们都得把腰弯到地上,用四条腿走路。而且,你们再也不能说话了,好好反省你们所犯下的罪恶!"

最后,天神把自己的外孙赶了出去。他背上女儿,熄灭了心中的火种,又回到天上去了。

天神的女儿所生下的那些奇怪的后代,很快就繁衍开来。他们就是最早的印第安人——所有印第安部族的祖先。

小矮子和先知的金铃

有一天,天刚蒙蒙亮的时候,老巫婆听见了初生婴儿尖厉的哭声。她走近一看,原来是从乌龟蛋里孵出了一个小男孩……

在乌斯马尔城附近的森林里,住着一个丑陋的老巫婆。她精通魔法,令人畏惧。当地印第安人都远离了她,因此,她在森林里过着与世隔绝的生活。她的房子是用芳草和泥巴搭成的,遮掩在茂盛的草丛里。

除了去河边打水,老巫婆从不离开她的茅屋。附近的湖里有许多乌龟,它们每天早上在湖边的沙滩上爬来爬去,用沙子掩埋正在孵化的乌龟蛋。

一天清晨,老巫婆来到湖边打水,在河滩上发现了一只乌龟蛋——那可能是被粗心的乌龟妈妈遗忘了的。于是,老巫婆把乌龟蛋放在水罐里带回了家。在家里,她用茅草为这枚乌龟蛋做了一个精致的小窝。她很想看看,经过她的魔法,里面会爬出什么东西来。于是,她每天都对乌龟蛋念念有词,施展着魔法。

终于有一天,天刚蒙蒙亮的时候,这个神秘的老巫婆就被初生婴儿尖厉的哭声吵醒了,她吓了一大跳。她立即跑出去看究竟出了什么事。走近一看,原来是从乌龟蛋里孵出了一个小男孩,老巫婆可真是喜出望外。

虽然老巫婆相貌奇丑,性情暴躁,但出于女人的天性,她还是对这个孩子倾注了全部的母爱。她精心照料着这个奇妙的孩子。让她感

到安慰的是,在她孤苦伶仃的时候,终于有了个伴儿。

孩子在巫婆的照料之下长得很快。刚满周岁,他就能满山遍野地跑了。而且,他说起话来老气横秋的,完全像个大人。这让附近的人感到很奇怪,因为他是巫婆的孩子,所以大家把他当成了怪物。

但是,那男孩长到三岁的时候,他的身体就停止了发育,始终保持着年幼时的模样。不过,他的智力发展得非常快,甚至连许多大人都赶不上他。看来,这怪孩子肯定是个矮子。这个古怪的孩子既让老巫婆感到忧虑,又让她感到欣慰,正如她自己常说的那样:"我的孩子虽然身材矮小,由于他具有卓越的才智,他一定能成为一位杰出的人物。因此,我不会嫌弃他。"

小矮子对什么都感兴趣,什么都想知道个清楚明白,甚至想了解有关母亲神秘生活中的怪事。而且,他还时常琢磨魔法和巫术的由来。从母亲那里,他得到了许许多多古怪的玩意儿。

一天,小矮子趁母亲外出取水,把家里搜了个遍,但没有找到任何他不知道的东西。最后,他便坐在火堆前仔细观察思索。他不明白,为什么母亲总是待在火堆前长时间一动不动。他用手在燃尽的灰烬中翻拨,意外地找到了一件像金子一样闪闪发光的东西。掸去灰土,他仔细端详,原来是一只昂贵的小金铃。他想试试铃铛的声音,用劲敲打了一下,铃铛便发出非常洪亮的声音。

奇怪的是,这铃声却传遍了整个乌斯马尔。人们听到铃声后,都惊惶失措,纷纷跑出家门,互相询问发生了什么事情。一些智慧的祭司、官员和巫师都聚集在一起,分析这件轰动的大事。他们认为,这可能是某种征兆。

在所有人当中,最惊慌失措的就是国王。他召集所有的学者和谋士开会,想弄清这铃声在他统治的国家中,到底预示着会发生什么。

现在,所有的老百姓都在祭祀天神,祈求保佑。每个人都提心吊胆,各种各样的谣言在各处散布,大家都感到很恐慌。一时间,似乎谁都相信会有非常严重的事情发生。

大祭司负责汇总信息并向国王禀告,他说:根据代代相传的史料记载,金铃一响,就预示着一代王朝统治的终结,敲响金铃的人将会继承王位。

国王对此深信不疑,于是,他命令召见敲响金铃的人。

不久,这个模样可笑、胆大包天的矮子来到了魁梧高大的国王面前。国王一看就火了,心想自己的王位要是毁在这个小矮子手中,未免也太不体面了。他傲慢地冲小矮子说:"你以为你敲响了先知的金铃,就能够成为王位继承人吗?你未免太天真了吧!记住,在成为国王之前还有许多难关要过呢!"

国王本想吓唬这个毫不起眼的小人物,便高声宣布:"派人在我和这小矮子的头上砸碎四筐椰子,然后再抽一百鞭,谁能挺得住,谁就是国王。"哪知道这小矮子居然毫不犹豫地答应了。

到了决斗那天,乌斯马尔首都的大广场上人山人海,大家都来看热闹。

第一轮比赛砸椰子,从小矮子开始。人们用坚硬的椰子砸在他的头上,一连砸碎了四筐,小矮子仍然安然无恙。可是,那硬着头皮走上来的国王没挨几下,就脑浆进裂,一命呜呼了。第一轮就取得了胜利的小矮子,自然就不用挨第二轮的鞭打了。百姓们欢呼着庆祝神赐的国王加冕。在人们的欢呼声中,小矮子满面笑容,得意洋洋。原来,在决斗之前,小矮子戴上了他母亲用魔法制作的石头帽子。

刚刚当上国王的时候,小矮子处事公正,克勤克俭。后来,他逐渐专横跋扈起来,忘记了自己卑贱的出身。他大兴土木,宣扬魔法,自行设计建造了大迷宫,并在迷宫里大演魔法,企图在玛雅宗教之外,把自己创造成一个新的天神。但是,他的这些做法招致庇护玛雅人的诸神的报复。于是,诸神就把乌斯马尔变成了一片废墟,小矮子国王也悲惨地死去了。

魔 鬼 桥

雨并没停下来,洪水还在上涨,眼看夜色已经降临。这时候,一个声音在卡尔卡耳边低语:"马里克魔鬼会帮助你过河的!"

很久以前,在印加帝国的克丘亚省,有一位名叫卡尔卡的印第安人。他聪明机智,仪表堂堂,大家都非常喜欢他。卡尔卡勤劳能干,总把收获的果实和谷物奉献给维拉科查神。在这位神的帮助下,他们的印加王平定了昌卡人的叛乱,使克丘亚人免遭那野蛮凶残的部族的欺凌。卡尔卡住在一座破烂不堪的茅屋里,几乎一无所有。

村里还住着一位帝国分封的领主库拉卡,除分得了一部分土地外,他还拥有几头牛和百余只大羊驼。库拉卡的女儿长得很秀丽,似乎天下所有的美貌都集中在她的身上。她那双纯洁、迷人的大眼睛总是含情脉脉。村里人都叫她恰斯卡,意思是"清晨"的星星。村里的小伙子都被她的美貌弄得神魂颠倒,可是,她并不像邻近部落里的少女那样轻佻。

按照传统习俗,每逢月圆之夜,青年男女便都聚集在田边,一边照看地里的庄稼,一边在苇笛声中翩翩起舞,放声歌唱。但恰斯卡从不会在这种时候到地里去。只有在祭祀的节日里,人们才能看到这位美丽少女的身影,因为在印加帝国,每位臣民都必须履行这个宗教义务。即使在这种场合,她也不像其他姑娘喜欢跳舞。她性情清高孤傲,特别不愿意同小伙子们一起谈笑风生。

几乎在所有节日庆典场合,都能看到卡尔卡热情潇洒的身影,并非他有什么了不起的业绩,而是因为他的勤劳智慧,在他耕种的土地上总能比别人有更多的收获。加上他乐于助人和对神的慷慨,因此无论在什么节庆上,库拉卡总喜欢请他帮忙。

在一次宗教节日里,卡尔卡结识了恰斯卡,并同她一起享用了祭祀的供品——玉米饼和羊肉,还拉着她的小手跳了一曲瓦依努舞,令在场的小伙子艳羡不已。他想娶她为妻,因此,他借口倾听老库拉卡讲述过去那些战士的英勇业绩,以及首领们的指挥艺术,常常到恰斯卡家去。但他难以见到朝思暮想的心上人,必须耐着性子听老人的唠叨。不过,他偶尔会看见她在闺房门口,朝他嫣然一笑,然后就消失得无影无踪。

有月亮的晚上,卡尔卡经常独自坐在离心上人闺房不远的小山坡上,吹着悠扬深情的曲子。他那炽热的痴情终于打动了姑娘的心,她经常伫立在小窗前倾听他笛声里飘荡出的绵绵情意,就这样爱上了他。从此,她经常跑到那小山坡上和他约会。两颗年轻火热的心贴在了一起,发誓要结为终身伴侣。

库拉卡对这门婚事并不赞同,虽然卡尔卡的诚实和对女儿的一片深情着实令他感动。听完卡尔卡的请求之后,他对卡尔卡说:"你的确是一个优秀的小伙子! 无论是你的人品相貌,还是你敬天畏神的虔诚,完全配得上我的宝贝女儿。但你也应该知道,恰斯卡从小生活在不愁吃不愁穿的舒适环境里,肯定不能吃苦耐劳。爱情是美好的,而婚姻却非常现实。小伙子,你是个很聪明的人,我想你会明白我对女儿未来的一番苦心!"

卡尔卡虽然明白他的意思,但在爱情力量的驱使下,他坚定而郑重地说:"领主,请您给我一年的期限。在这段时间里,我将竭尽全部才智,为我未来的妻子提供满意的生活保障。那时候,我就来迎娶恰斯卡。如果我最终还是一事无成,为了恰斯卡的幸福,我会忍痛割爱,并劝她忘了我,听从您的安排!"

老库拉卡赞赏地说:"好! 这才是有志气的男子汉! 我希望我的

女儿恰斯卡能有这样的福气！愿维拉科查神保佑你如愿以偿！"

第二天清早，卡尔卡离开了村庄，谁也不知道他的去向。恰斯卡同她心爱的人达成了默契，准备忍受离别的痛苦，坚贞地等他回来。

就在这一年，帕查库特克国王在老库拉卡的田庄里休息了一个星期，亲切地同库拉卡回忆当年的那场平叛战役。美丽的少女恰斯卡也受到了国王的接见。国王被她的美貌吸引住了，他以为能轻易赢得姑娘的心。可是，她早已把全部的感情倾注在卡尔卡身上。帕查库特克国王非常失望。临别时，他捧着恰斯卡的小手，感叹地对她说："心爱的小鸽子，你放心，天神也不会让你屈从他的意志。你的卡尔卡会应约回到你身边，痛苦的云雾将再也不会笼罩在你的心头。你可以向我要求一件礼物，以让你和你周围的人，永远记住我对你的一片深情！"

恰斯卡跪在地上，亲吻着印加王的斗篷，答道："君主，你是至高无上的。对你来说，希望的事是不存在的。假如我的心不是早已属于卡尔卡，我也会被你的崇高征服。现在，我不应该对你有什么要求，我已接受了你高尚的美德。然而，如果人民的感激之情会让你感到高兴和满足的话，我请求你给我们这里的土地一点水吧！"

"黑发姑娘，你是多么通情达理。你炽热的目光让我心醉。再见了！我生活中的美梦破灭了，你所有的愿望必将实现！"

说完，印加王就上了他的金轿，匆匆起程。跟随国王的那些勇士，很快就开凿出了一条横贯尤凯依山谷，直通到恰斯卡家乡的水渠。印加王赐予这条小渠叫"阿其拉纳"，意思是为了美丽的姑娘而奔流的清水。

印加王对恰斯卡的深情，让这位美丽的少女美名远播。许多不死心的漂亮小伙子从遥远的地方赶来，想一睹她的芳颜。对此，恰斯卡痛苦万分，泪水流成了河。因为并非每个人都具有印加王那样的美德，在追求她的人中，就有本部族酋长的儿子。在恰斯卡父母的眼里，君王固然难以高攀，而这位酋长的儿子做他的女婿的确合适。不过，老库拉卡像所有印第安人一样恪守信用，他没有忘记对卡尔卡许下的诺言。

　　但是,老库拉卡觉得必须做好两手准备。因此,他总是找借口把酋长的儿子叫到家里来,时常与女儿见面。但是,恰斯卡对酋长的儿子非常淡漠。老库拉卡希望卡尔卡能够成功,因为那样才能让恰斯卡真正开心、幸福。不过,他认为卡尔卡几乎没有一点成功的可能。

　　所以,当酋长亲自屈尊来与老库拉卡商量儿女婚事时,库拉卡也只能跟他的上司说:"酋长大人,有关小女的性情,相信你已有所耳闻。因此,在我允诺的期限未到之前,我不能应允您什么,因为您是深明大义的人。如果那位年轻人违约了,我的女儿也就会死心塌地。那时,一切自然就水到渠成了!"

　　酋长自然明白,自己的儿子简直无法与卡尔卡同日而语,但他同时也认定卡尔卡决无成功的可能。所以,两位老人一致同意积极筹备婚礼,如果卡尔卡到期违约,他们两家就结成儿女亲家;卡尔卡成功归来,则作为贺礼,为恰斯卡和卡尔卡举行婚礼大典。

　　光阴似箭,日月如梭。恰斯卡日夜期盼着卡尔卡能在第十二个月的最后几天,满载财富和荣誉归来。酋长和他的儿子却希望届时卡尔卡不再出现。而老库拉卡一直在考虑,在女儿彻底失望时,如何开导她,让她答应为她安排的另一桩婚事。

　　现在,那个幸福得令国王都会嫉妒的卡尔卡在哪里呢?

　　原来,卡尔卡在离开心上人之后,就来到了帝国沿海的一个盐场做工。那个地方是图帕克·尤潘基亲王的领地。卡尔卡在劳动中表现出来的坚忍不拔和聪明才智,很快就让自己在盐工中脱颖而出,成了一名小有名气和地位的十人长。这时,那轰动一时的新闻已传到了这里。卡尔卡在心上人恰斯卡的坚贞和国王的慷慨大度的激励下,越发努力上进。但卡尔卡从未以此来向同伴们炫耀,或者表露自己的身份。人们除了知道他的美德之外,唯一知道的就是他极端崇拜维拉科查神。

　　由于他诚实的品德和出色的指挥才能,以及他对维拉科查神异乎寻常的崇拜,他很快被上司推荐到尤潘基亲王那里。尤潘基亲王翻阅完有关他的材料,才确定他就是那位让国王也败下阵来的卡尔卡。为了表彰和奖赏这位能干的维拉科查神的忠实信徒,成全他和恰斯卡富有传奇色彩的爱情,也为了成全国王的美德,他赐给卡尔卡象征荣誉和地位的库拉卡拐杖,还有许多金银财宝,并给了他两个月假期。

此时,已经是他许诺后的第十一个月,他完全有条件在与他情人的父亲老库拉卡约定的期限内,回到他心爱的姑娘身边,而且是衣锦还乡。为了报答亲王的恩宠,他一直拖到离最后期限仅有七天,才告假回家。

现在,雨季已经来临,接连不断的暴雨常常冲断了道路。卡尔卡不得不涉过深深的水沟,踩着泥泞,一步一滑地翻越崎岖的山冈。尽管他昼夜不停地赶路,从不歇脚,但还是越来越慢。当他到达尤加拉河边时,距离最后期限只剩下一天了。

连日的暴雨使得尤加拉河水陡然上涨,一个人无法渡过滔滔洪水。现在,卡尔卡已经没有时间等河水退去。况且,天空里仍旧倾泻着瓢泼大雨,如同撕裂了一道巨大无比的口子,丝毫没有停歇的迹象。卡尔卡遇到了前所未有的困难。

翻腾咆哮的河水飞流直下,河岸在洪水冲刷下不断坍塌滑坡,卷起一个接一个的旋涡,转眼间就把飘浮而下的连根大树,和那些被淹死的牲畜冲刷得无影无踪。雨越下越大,卡尔卡心急如焚。今天,他原本满怀信心和幸福,那颗飞扬跳荡的心,突然被意想不到的洪水冷却。面对滚滚洪流,除了望洋兴叹之外,似乎什么也不能做。

此刻,卡尔卡的心被憧憬和绝望煎熬。美丽、坚贞的恰斯卡近在咫尺,如果他能突然出现在她面前,给她一个载誉归来的狂喜,她该多高兴啊!然而……穿过雨幕,他仿佛看见恰斯卡正望眼欲穿,哭喊着他的名字,责怪他的无能和不守信用……

卡尔卡仰望苍天,欲哭无泪。难道他那经历曲折和不幸的热恋,就被这洪水断送了吗?难道这该死的河岸,就这样冷漠地把两颗火热的心永远分开了吗？难道苍天也嫉妒他和恰斯卡的幸福吗？

一筹莫展的卡尔卡只得向维拉科查神求助，他从未向他崇拜的神乞求过什么。而现在，他以绝望的泪水，疲惫的身躯，一颗向往幸福的心，以及对恰斯卡无尽的思念，请求天神让雨停歇，让河水退走……

然而，雨并没停下来，洪水还在上涨。眼看夜色降临，一道道闪光照亮了远处暗暗的山冈，声声雷鸣催动着豆大的雨点，敲打着卡尔卡那如钢铸铁造般苍凉无助的背影。这时候，一个声音在卡尔卡耳边低语："马里克魔鬼会帮助你的！"

卡尔卡惊呆了，怎么可能呢？马里克魔鬼是他们的弃神。他崇敬的维拉科查神怎么会……他不敢再想下去，以免亵渎了他心中的偶像，因为他绝对相信他。他转念一想，既然如此，那也只好求魔鬼帮忙了。这个念头刚一闪过，他猛然觉得一只火一般散发着硫磺味的巨手在抓着他的肩臂。这就是马里克魔鬼！

魔鬼说："孩子，我在这里，我可以饶恕你们弃我而去的罪孽，满足你的要求。但是，事成之后，你必须把灵魂托付给我。"

于是，卡尔卡要求马里克立即在河上架一座桥。他们商定，必须在鸡鸣前架好。这样，马里克就可以主宰卡尔卡的灵魂。否则，协议就无效。魔鬼和卡尔卡约定之后，都咬破中指，把血涂在一块石头上，然后向帕查卡马克神——宇宙中最崇高的法官起誓。

马里克对这项交易十分满意，立即动手架桥。在短短的几个小时里，魔鬼几乎搬动了整座大山，做好了一块块桥板，拌好了灰浆，打好了两岸的基石，筑起了桥洞。

冷静下来的卡尔卡反复斟酌着契约的后果。他想：桥很快就会架好了，我就可以穿过大桥，去库拉卡的家里，要求老库拉卡履行诺言。我痴情的恰斯卡一直坚贞地等着我、爱着我，希望能与我白头偕老。可是，到那时，我的灵魂也将不属于我自己，而恰斯卡将面临的是什么呢？是一具躯壳？抑或是躯壳都被魔鬼侵占的行尸走肉。那么……这样想过了之后，他禁不住打了个寒颤。他不敢再想下去了。这时，维拉科查神又在他耳边低语:"别担心,孩子,你会如愿以偿的!"

卡尔卡似乎领悟到了什么,但又似乎什么也没领悟。他索性安心等待奇迹的出现。

桥很快就要完工了,只剩下一个可以跨越的窟窿尚未填石。辛勤而自信的魔鬼选择了一块合适的石头,敲打成石板,然后想搬起来安上去,但似乎力不从心。原来,维拉科查神隐身在石板下,紧紧地拖住了石板。

魔鬼马里克只好另外找了一块,但仍然搬不动。他就这样不停地找石块,但每一块他都无法搬动。最后,他好不容易挪动了一块石头,把它推到桥上。可是,正当他把石板推进去的一刹那,鸡鸣声响起来了。

就这样,卡尔卡取得了意外的胜利。过桥之后,魔鬼强词夺理地辩解说:"鸡是在远处打鸣的,而不是在此地。"然后,魔鬼便伸手去拿那块沾着两人誓血的石块,以作为索要卡尔卡灵魂的证据。可是,不知是怎么的,魔鬼马里克的身躯突然像气球一样爆炸。这时候,空中发出了雷鸣和闪电。

卡尔卡终于明白,这一切都是维拉科查神的暗中帮助。

那天,老库拉卡家中沉浸在一片节日的欢乐气氛里。库拉卡准备在这一天为女儿操办婚事。远道而来的客人,以及当地的村民们,一大清早就做好了准备,因为婚礼将在太阳刚出来时举行。新娘家中人来人往,大家都忙个不停。一坛坛甜玉米酒,一碗碗美味佳肴,应有尽有。新婚的床褥更是点缀得绚丽多彩。

一直不见卡尔卡的身影,恰斯卡高兴不起来,但还是镇静地任由人们替她梳妆打扮。她已打定主意,如果卡尔卡不能在最后关头奇迹般出现,她就准备一死了之,她在裙角暗藏了一把卡尔卡曾经送她做定情礼物的小猎刀。送亲的人们朝着太刚冲庙旁专供青年男女成婚用的大厅走去。恰斯卡在人群中感到一阵天昏地暗,她使劲拉住了父亲的胳膊,才没有虚弱地倒下去。

人们都聚集到了大厅，围成一个圆圈，主婚的王室贵胄搀扶着新娘，站在大厅当中，旁边站着那位穿着新郎装的酋长的儿子。

主婚人示意大家都安静下来，准备祝福这两位新人。这时候，恰斯卡暗暗把小刀贴近了自己的小腹，准备在主婚人开口说话时，立即自杀。

这时，太阳的第一束光线照进了厅堂，人群中突然响起一片欢呼声。有人大声喊着："卡尔卡！卡尔卡！"

只见卡尔卡手执王室颁赐的库拉卡拐杖，太阳光从他身后镀上一道金色的光环，他是那样的雄姿英发，神采飞扬。恰斯卡惊呼一声，扔下了手中的小猎刀，飞一般扑进卡尔卡的怀抱……

变成石雕的太阳女和牧羊人

天黑下来的时候,太阳女和牧羊人逃进一个山洞睡着了。在梦中,他们听见了一声巨响,两人被惊醒了……

古老的印加帝国美丽富饶的尤凯依谷地,有一座终年积雪的高山。山上住着一个名叫阿魁特拉巴的牧羊人,他放牧着一群雪白的大羊驼。大羊驼是印加人供奉给太阳神的贡品。

阿魁特拉巴是一个聪明能干、热情和蔼的英俊少年,但他还没有品尝过初恋的欢乐和苦涩。他时常跟在他的羊驼群后面,怡然自得地漫步在翠绿的原野上。当羊驼群停下来吃草的时候,他才找一块山花烂漫的地方席地而坐,拿出心爱的苇笛,吹起轻柔优雅的曲子。那悠扬的笛声随风在山谷中回荡,和白鸟的鸣唱一起汇入一条清澈的小溪,欢快地流进山地,流进许多青春少女的梦中……

当太阳升起来的时候,太阳的女儿们就从云层中走出来。当太阳落下去的时候,她们就回家。她们常常来到美丽的雪山下漫游、嬉戏,她们那妩媚的笑声使牧草更加繁盛,百花更加艳丽,百鸟的啼鸣更加婉转……

有一天,阿魁特拉巴和往常一样,坐在绿荫丛中悠闲地吹着笛子。两个太阳女突然悄无声息地来到他的身边。这个沉浸在笛声中的少年根本没感觉到身边有一对仙女。太阳神女们看着牧羊人那全神贯注、超然物外的样子,便忍俊不禁,"扑哧"一声笑出了声……

这突如其来的笑声把阿魁特拉巴吓了一大跳,他感到很吃惊,呆呆地愣着,一动也不敢动。他心想:明明就我一人,哪里来的笑声,莫非是……正在胡思乱想的时候,他的耳边又传来了夜莺一样动听的声音:"小牧羊人,今年的牧草够羊驼吃吗?"

他转过身来,看见两个身着洁白衣裳的少女正站在自己面前。他恍然大悟,手忙脚乱地翻身跪倒在地,急得不知道说什么好。

太阳神女们害怕吓坏了这位可怜的牧羊人,赶忙叽叽喳喳地问:"你吹的是什么曲子?真好听!"

"你不用害怕,我们不是山精树怪,我们是尊贵仁慈的太阳神的女儿!"

两位太阳神女伸出纤弱秀雅的小手,把阿魁特拉巴搀扶了起来。

年轻的牧羊人见两位太阳神女如此亲切和蔼,便站起来,整理好衣裳,按照臣民拜见王公贵胄的礼仪,轻吻她们的手。

阿魁特拉巴忍不住偷偷地看了太阳神女们一眼,她们那非凡的美貌让他惊叹不已。但是,他不敢有什么非分的想法,害怕冒犯了两个仙女。阿魁特拉巴和她们闲聊了许久,给她们讲了许多她们闻所未闻的人间奇事,还帮她们采了许多不知名的野花秀草。

太阳快落山的时候,阿魁特拉巴站起身来,流露出了一丝依依不舍之情。他彬彬有礼地向两位太阳神女道别:"天色不早了,请原谅我粗鲁的言辞,我现在要领着羊驼群回家了!"然后,在两位太阳神女的默许下,牧羊人熟练而悠闲地赶着他的羊驼群渐渐远去,消失在山林里。

那位年龄稍大的太阳神女叫乔莉良托,她被牧羊人潇洒俊逸的外表、儒雅风趣的言谈举止以及彬彬有礼的风度吸引了。在回太阳神宫的天路上,她还同妹妹兴奋地谈论着那位英俊的牧羊少年。

进宫的时候卫兵仔细端详了她们一番,查看她们是否带进了什么可疑的东西。以前,有不少仙女把情人藏在衣袖或者发髻里,偷偷带进宫中幽会。因此,宫门口的盘查非常严密。她们回到宫殿的时候,太阳神的嫔妃们早已在那些精美绝伦的金器里,盛好人间罕见的

佳肴美味，等待着她们回来。

乔莉良托借口说走得太累，没有和大家一起用餐，径自回到了自己的寝室。她的思绪被那位牧羊少年缠住了，她情思恍惚，心情久久不能平静。她的脑子里翻腾着白天所发生的一切，她知道那英俊少年名叫阿魁特拉巴，家住拉利。她觉得他是那样不卑不亢，他说话的时候，眼睛里似乎还闪过了一道亮光。她想："他为什么会这样？难道他也喜欢我？"

她还在回想他头上那闪闪发光、随风飘动、令人心荡神迷的银白色的羽毛。他说那是印加人特有的头饰，叫安布来着。它映衬着他那俊美的面庞，她真想伸手去抚摸他。那羽毛上还有一面小铜牌子，上面好像刻着两只跳蚤，非常细腻，好像正在吞噬着一颗用红宝石雕刻的心脏。真奇怪，为什么要让蚤子咬心脏呢？她觉得那少年倒是就像那只蚤子，正咬着她的心，又痛又痒。她轻声叹息，自言自语："唉！他说那个铜牌叫乌杜希，多么古怪的名字啊！他的声音真好听，就像一只温柔的小狮子低沉的呼噜声。他为什么要告诉我那么多呢？要是他知道我是多么喜欢他，他会怎么样？他也会像我这样不吃不睡地想我吗？"

不知是什么时候，乔莉良托进入了甜美的梦乡。她梦见一只黄莺从一棵树飞到了另一棵树，唱着优美悦耳的歌。小黄莺欢快地唱了一阵后，便飞进她的怀里，安慰她不要烦恼和忧伤，一切都会如愿以偿的。

她说："如果没有办法医治我内心的痛苦，我就只好去死。"

黄莺回答说："说出你的烦恼吧，我会帮你出主意的！"

于是，乔莉良托讲述了她对牧羊少年阿魁特拉巴火一般的爱恋。

她说："现在，我已经看到了自己不幸的未来。因为除了和情人私奔外，我别无出路。不然，我父亲的那些妃子们迟早会看出我的心思。那时，父亲就会下令把我处死的。"

黄莺回答说："起来吧！坐到那四个喷泉中去！在那里，你可以放声歌唱,倾吐你心中的所有秘密。如果喷泉伴随你一起歌唱,重复你所说过的话,那么,你就可以做自己想做的事!"

鸟儿说完就飞走了。这时,乔莉良托忐忑不安地从睡梦中醒来了。她决定按照梦中黄莺教她的办法去试一试。

她起身穿好衣服,悄悄走出寝室。她穿过那宽大无比、静悄悄的殿堂,来到庭院中,坐在四个喷泉池的中央小亭里。她开始倾吐心中的秘密。

她哀叹道:"思念正撕咬着我脆弱的心脏!"

忽然,喷泉一个接一个如同应声虫一样重复了乔莉良托的话。乔莉良托呆住了,随即高兴得欢蹦乱跳。她真想大叫一声。

后半夜,乔莉良托回到床上,聆听着只有她能听见的喷泉的歌唱。

牧羊少年依依不舍地回到自己的小茅屋后,百无聊赖地把双手枕在脑后,仰躺在木床上,望着屋顶小窟窿里的那片天空发呆。他胡思乱想起来——

"乔莉良托!乔莉良托!多么美丽动人的名字!你为什么要把你的芳名告诉我?哦!你那双宝石一样晶莹剔透的大眼睛,为什么总是温柔地望着我?那仿佛就是一泓清澈的泉水,我真想跳进去,永远不再出来……还有那双纤弱的小手,温暖的芬芳一直留在我的双唇上,那感觉就像醉人的美酒一样沁人心脾……你那雪一样洁白的衣裳里裹着的美丽胴体,是否会像我一样火热?"

牧羊少年被自己的奇思折腾得浑身如同着了火,他明白这位突如其来而又飘然远去的太阳神女,已经在他的心中深深地烙印下了一道永不熄灭的圣火。但是,他那尚未泯灭的理智告诉他,这一切不过是他的痴心妄想。他努力想说服自己是一只妄想吃天鹅肉的小癞蛤蟆,但在狂热燃烧着的爱情之火面前,一切都显得如此苍白无力。

最后,爱情之火还是战胜了他那卑微而妄自菲薄的理智。它激励着牧羊少年去实现自己强烈的愿望,让爱情之花尽情绽放,结出哪怕是最凄美的果实。于是,他拿起笛子走出门外,吹起了哀婉悲伤的曲调。那无奈而又深情的笛声,让周围的群山和木石都感动得流下了眼泪。

悲痛欲绝的牧羊少年吹完这首浸透他全部心神的曲子后,倒在地上昏了过去。醒来时,他看到自己的衣襟已经浸在了伤心的泪水中。他哀叹道:"哎!可怜的牧羊人,你是多么幸福,而又是多么不幸!你的死期似乎已经来临。乔莉良托仿佛就是天上的云彩,她悄悄地来了,然后又悄悄地走了。可怜的牧羊人呀,你已经无药可救了!"

阿魁特拉巴喃喃自语着走进了他的小屋。疲劳和忧伤把他送进了梦乡。

此时,阿魁特拉巴那住在拉利的母亲,被一种不祥的征兆弄得六神无主。她立即起身沐浴更衣,神情庄重地摆弄起她赖以谋生的占星术。她从占卜中得知儿子处境困难,如果不及时加以拯救就会死去。母亲在推究儿子遭遇不幸的原因之后,拿出一把十分精致漂亮的拐杖,就心急火燎地出门去寻找儿子。

她沿着山间小路连夜奔走,在太阳升起之前,她来到了儿子的小茅屋。走进去一看,她发现儿子满脸泪痕,正在昏睡。她立即唤醒了儿子。

牧羊人睁眼看到妈妈,扑倒在母亲的怀里,像小男孩一样放声痛哭。

母亲搂着儿子,轻轻摇着,抚慰儿子说:"宝贝儿不要哭!你的遭遇和心事妈妈全都明白了,妈妈会替你想办法的!"

阿魁特拉巴感激地抬起头来,看着妈妈脸上洋溢着的慈爱,不好意思地抹了一抹脸上的眼泪鼻涕,憋红着脸说:

"妈妈!都是儿子没出息,把您累坏了吧?我不想哭的,可是我控制不了这不争气的眼泪……"

母亲疼爱地打断了儿子的话:"嘘,别往下说了,你是不是思念那个小仙女?现在她的心里也正在和你一样难过着呢!"

"真的?"阿魁特拉巴惊奇地挣脱了妈妈的怀抱,直起身来,冲着母亲半信半疑、半惊半喜地叫道。

"别大声嚷嚷,都快把妈妈的耳朵给吵聋了!傻儿子!"

母亲嗔怪地笑着,冲儿子心平气和地说。

"真的没骗我?"阿魁特拉巴依然不放心地追问。

母亲说:"放心吧,儿子!妈妈不会骗你的!"

但是,阿魁特拉巴似乎从母亲的脸上发现了一丝忧虑。他好像感觉到了些什么,对妈妈说:"只要能实现我的心愿,即使死也不后悔!只是我万一不幸遭到了神的惩罚,就不能为母亲尽孝了!"

说着,他跪倒在母亲面前,把母亲的双手贴在自己的脸上。母亲暗自下了决心,她把儿子拉了起来,坚定地对儿子说:"好儿子!事情不会那么糟!你们的爱情故事,连同你们的名字将会被人们传颂。总会有那么一天,神会被你们的爱情所感动,然后赦免你们!"

母亲说完这些话就走出了茅屋。她从山中的岩石上找了一些蜗牛,做了一锅汤。汤还没熬好,太阳神的两个女儿就已经来到了茅屋门口。

原来,天刚亮,乔莉良托就从床上爬了起来,好不容易挨到可以外出自由活动的时刻,便拉着她的一个妹妹,径直朝着阿魁特拉巴的茅屋走来。她迫不及待地想见到她心爱的牧羊少年。她们在茅屋门前的石头上坐了下来,乔莉良托没见到阿魁特拉巴,有些失望。她又不好当着妹妹的面走进屋子,心里很着急。当她看到在一旁忙碌的老妇人时,心里忽然亮起了一道灵光。她急忙向那老妇人打招呼:"你好,老妈妈!我们是太阳神的女儿,您是这家的主人吗?"

阿魁特拉巴的母亲早已猜出了她们的身份,她见乔莉良托恭敬地向自己打招呼,心中暗喜:"果然不愧是太阳神的女儿,人美心也美,我儿子难怪会为她着魔!"

于是,她恭恭敬敬朝两位太阳神的女儿跪下,不急不忙地回答乔莉良托说:"我是牧羊人阿魁特拉巴的母亲,刚从拉利来看望他。"

还是没见到牧羊少年的身影,乔莉良托以为他去牧羊了,也就没再问。其实,阿魁特拉巴在母亲魔法的操纵下,钻进了拐杖里。乔莉良托耐心地听老太太讲述儿子的机灵淘气,她的视线转移到老妇人手中不断摆弄着的那根拐杖。她好奇地问:"阿妈,你手中的这根拐杖真精致!是从哪儿弄来的?"

阿魁特拉巴的母亲回答说:"说起来可就复杂了。据说,我的祖先的一位女儿,是帕查卡马克神游历人间时的情人。帕查卡马克神走的时候,怕她感到寂寞,就把这根拐杖留给了她。他对她说:只要你想他的时候,这根拐杖就会变成他出现在她身边。她死后,这根拐杖就作为家族的信物,代代相传。等我老了之后,我准备把它再给我唯一的儿子阿魁特拉巴!"

乔莉良托听完神奇的故事,非常神往。她想:"如果我也能像那位幸运的女人一样,让那牧羊少年由拐杖变成他自己来陪我,那多好啊!"

现在,她非常想把这拐杖弄到手。于是,乔莉良托便对那老妇人说:"阿妈,能不能把这漂亮的拐杖卖给我?"

阿魁特拉巴的母亲故作为难,犹豫了半晌。最后,她假装咬了咬牙,仿佛是下了很大的决心。然后,她诚恳地对乔莉良托说:"卖是不能卖的!可是,谁让你是太阳神的女儿?而且,又陪我这个老婆子说了这么多的活,干脆我就把它当见面礼送给你!"

接着,她意味深长地盯着儿子的情人说:"不过,我有个请求,这根拐杖必须由你亲自带在身边,千万别把它丢掉了!"

乔莉良托兴奋异常地边把拐杖收起来,边说:"谢谢阿妈,我会像爱护眼睛一样珍惜它的!"

乔莉良托试了试拐杖,觉得走起路来比以前轻松多了,非常高兴。

后来,她们一直逗留到太阳快下山时,仍未见到牧羊少年的影子。她只好向情人的母亲道了谢,然后匆匆离开。她沿着草原走去,一路上东张西望地寻找她心爱的牧羊少年。

她怀着未能与心上人会面的感伤和失望心情回到了皇宫。进宫门时,卫兵照例拦住了她们。因为见她们两人同行,再加上那拐杖毫无可疑之处,也没有别的违禁物,就把她们放进了宫。

晚饭后,乔莉良托回到了自己的房间。她把拐杖小心翼翼地倚在了床头,便躺下来休息。乔莉良托辗转难眠,闷闷不乐地想着她的牧羊少年和自己做过的梦。因为心中充满了幸福的憧憬,她感到很空虚无聊,不由得唉声叹气,泪水涟涟。她嘤嘤哭泣,起身去梳洗沐浴。

沐浴结束,她带着满身的花香回到卧房。她刚转身把房门关好,突然觉得眼前一暗,一双温暖有力的手捂住了她的双眼,她吓得魂飞魄散,正想大声呼救。这时,她听到了那让她心神激荡的熟悉的声音在她耳边说:"乔莉良托,别怕!我是你的小牧羊人呀!"

她感到自己幸福得天旋地转,娇弱无力地躺倒在情郎温暖的怀抱里。过了很久,她才回过神来柔声问:"你是怎么进来的?"

阿魁特拉巴回答说:"你还记得那根拐杖吗?我就是从那里来的!"

两个人在一起说了一宿的话。天亮后,牧羊人又钻进了拐杖。

当太阳染红了大地的时候,乔莉良托拿着拐杖独自离开了父亲的皇宫,朝着草原走去。她走进一条山沟后,牧羊人就从拐杖里走了出来。于是,他们手牵着手,在草原上尽情嬉戏。

日子就这样一天天过去了。后来,宫门口的卫兵终于起了疑心。一天,当乔莉良托出宫不久,禁卫就远远地跟在了她背后。他发现了他们的秘密后,便大喊大叫起来。这对情人见势不妙,就朝着克尔克城山逃去。

天黑下来的时候,他们太困了,就躺在一个山洞里睡着了。在梦中,他们突然听见一声巨响,两人被惊醒了。两个人正想继续往前跑,不知怎么的,却突然变成了两座石像——乔莉良托一只脚穿鞋,一只鞋还提在手中。阿魁特拉巴正朝克尔克城张望……

星星姑娘

黎明时,他实在是倦极了,闭上了眼睛。他做了一个梦,梦见一群穿着银白色衣衫、披着金色秀发的姑娘,飘然飞落他家的地里……

从前有老两口,以种土豆为生。他们的土地非常肥沃,种出的土豆比别人家的大。但是,他们家的地离家太远,每到收获季节,总会遭贼偷。老两口很生气,但又没什么办法。后来,等他们的独生子长大后,老两口就对儿子说:"儿子,你已经长大了,去教训教训那些小偷吧,看他们还敢偷咱家的土豆!"

于是,儿子就动身去照看土豆。

第一天夜里,他眼都没敢合,没发现小偷。天快亮的时候,他不由得合上双眼,做了一个梦。小偷们就趁他打盹的工夫,又把土豆挖走了。

小伙子醒来,非常懊恼。回到家,他把这倒霉的事儿告诉了父母。

父母对他说:"算了!别生气了!下次你可得当心点儿了!"

小伙子又回到地里的小窝棚里,一整夜都没合眼,直到天色大亮,他都没离开过土豆地。不过,他好像在半夜的时候打了个盹,但立即就醒过来了。小偷好像没来过,但满地都是土豆叶子。

他回家向父母抱怨说:"我看了一整夜,眼睛只不过眯了眯,谁知又让小偷给偷了!"

父亲很生气,在儿子的屁股上抽了几巴掌。父亲说:"你胡思乱想了些啥?难道你比小偷还笨吗?"

第二天，父母还是让儿子去土豆地守夜，再三嘱咐他说："喏，这回该知道怎么守夜了吧？"

小伙子只好坐在土豆丛里，等小偷来光顾。

夜里，一轮明月挂在天空，照得四周一片光明。等了整整一夜，他一直盯着四周。黎明时，他实在是倦极了，不禁又闭上了双眼。他做了一个梦，梦见一群穿着银白色衣衫、披着金色秀发的姑娘，飘然飞落在他家的地里，开始齐心协力地挖着土豆。嘿，她们是一群从天而降的星星姑娘！小伙子睁开双眼，呆呆地看着她们。

他不禁感叹："哎！多可爱的姑娘呵！我怎样才能把她们抓住？难道世界上会有如此可爱的小偷吗？"

他猛地一跃而起，想去逮住这些美丽可爱的土豆贼。可是，一刹那间，她们都飞走了，像闪耀的灯光那样，很快就消失在夜空中。不过，有一个最年轻的星姑娘被小伙子抓住了。于是，小伙子就带着星姑娘回到小窝棚里。他责备她说："你长得这么美丽，为什么要做贼？你们怎么能偷我家的土豆呢？"

接着，他故意一本正经地说："现在，你被我捉到了，该怎么处罚你呢？"

星姑娘被吓坏了，漂亮的脸蛋上挂满了泪珠，就像带露的小花，非常惹人喜爱。她哀求小伙子说："放了我吧！求求你！否则，我的姐姐一定会挨父母责骂的！我会把从你们地里偷走的东西加倍还给你，别把我扣留在人间，好吗？"

小伙子眉头一皱，计上心来，他紧紧地拉着小姑娘的手，笑嘻嘻地说："算了，那就罚你做我的妻子吧！"

他打定主意不回家去了，他要和星姑娘住在土豆地旁的小窝棚里。星姑娘当然不愿意，可是，谁叫她偷了人家的东西，又被人家捉住了呢？

小伙子的父母等呀等，就是不见儿子回来。

他们想："这个没用的东西，一定又把小偷放走了，所以不敢回家！"

天黑了,善良的妈妈给儿子带了一些好吃的,顺便去探看宝贝儿子到底在搞什么名堂?此时,小伙子正和他心爱的星姑娘坐在窝棚里说话呢!看到妈妈来了,姑娘俯在小伙子耳边说:"小心,千万别让你的父母看见我!"

小伙子走出去,老远就冲母亲大声喊:"妈妈,别过来,就在那儿等着我!"

小伙子接过妈妈手里的食物,回到窝棚里递给星姑娘,又接着讲天上地下稀奇古怪的事。

妈妈回到家中,对老伴说:"咱们的儿子好像抓了个女小偷,她漂亮得就像从天上掉下来的。他和她住在窝棚里,怕是已经结成了夫妻呢!所以,他不让我靠近他的窝棚。"

老两口合计,这倒也不错,便没去打扰他们。

一次,小伙子觉得应该带他的妻子去拜见双亲了。于是,他就对星姑娘说:"天黑之后,我们就回家吧!"

星姑娘很认真地再次对小伙子说:"我不能去见你的父母,我害羞!而且,他们见了我,对我们很不好的!"

小伙想了想,委婉地说:"丑媳妇早晚都得见公婆的!见一面之后,我们另外住好了!"

夜里,他领着姑娘去见了父母。儿子能娶上这样美丽的媳妇,老两口打心眼儿里满意。

不久,星姑娘怀孕了,生了孩子,可孩子又不明不白地死了。

星姑娘的天衣被小伙子藏了起来,她只好穿着普通人的衣裳。

一次,小伙子到远处的地里干活,星姑娘假装出门散步,然后就消失得无影无踪了。她回到了天上。

小伙子回到家中,不见了妻子,非常难过。他满世界寻找着他心爱的妻子。不知走了多少路,有一天,他在高高的悬崖边遇到了神鸟兀鹰。

兀鹰问:"小伙子,你遇到了什么伤心事?"

他回答说:"神鸟,我心爱的妻子星姑娘飞回了天上,我不知道怎样才能见到她?"

兀鹰对他说:"小伙子,别忧伤,你的妻子的确已经飞回了天上。既然你这么痴情,我可以带你去找她。不过,你得先替我找两头美洲驼来,让我填饱肚子!"

他回答说:"好的,神鸟!我这就去把美洲驼给弄来!"

他匆忙回到家,一进门就对他的父母说:"有人答应带我去找我的妻子啦,不过,我得给它两头美洲驼!"

老两口二话没说,给儿子备好了两只美洲驼。到了兀鹰那里,兀鹰很快就吃光了一整只驼肉。

小伙子扛着驼肉来到了悬崖顶端,兀鹰大声对小伙子说:"把眼睛闭上,不许睁开!当我喊'肉'的时候,就扔一块肉到我嘴里!"

然后,兀鹰带着小伙子飞上了高空。

小伙子顺从地闭上眼睛。兀鹰一喊"肉",他就割下一块,扔进它嘴里。谁知飞到半路,驼肉就吃光了。兀鹰曾经警告过他说:"记住,如果我喊'肉'的时候,你不把肉塞进我嘴里,我们就飞不高了,就只好把你扔下去!"

小伙子非常担心兀鹰会这么做,于是,他就忍痛割下自己腿上的肉,一块一块地喂给兀鹰吃。为了见到妻子,付出如此巨大的代价他也在所不惜。

兀鹰带着小伙子来到一处遥远的海滨,对他说:"朋友,去海里洗个澡吧。"

小伙子跟着兀鹰来到海水里痛痛快快地洗了个澡。

他已经飞得太久了,早已蓬头垢面,胡须丛生,显得非常苍老。洗完后,他又变得容光焕发。

这时候,兀鹰对他说:"海的对岸有一座宏伟的庙宇。今天是祭神日。你去吧,守候在门口。每到这些日子,所有的星姑娘都会飞聚到这里来。不过,她们人数众多,而且相貌都相似。当她们一个接一个从你身边飞过时,你千万不要说话。你要找的姑娘排在最后,她走过你身边的时候,会推你一把。你要立刻拉住她,紧紧地把她抓在手里!"

祭神庆典开始了,小伙子站在庙宇的门口,看见相貌都一模一样的姑娘从他面前走过,哪里分得清哪个是他心爱的妻子。这时候,从队伍后面闪出一个姑娘,她轻轻推了他一下,然后走进庙里。

这是金碧辉煌的日月神庙——日月神就是所有星姑娘和天上众神的缔造者。每天,众神都会到这里来向日月神请安。轻盈美丽的星姑娘和天上诸神唱起了庄严的颂歌。

祭神仪式结束后,姑娘们一个接一个鱼贯而出,和小伙子擦身而过,冷漠无情地凝视着他。可他还是认不出谁是他的妻子。这时,有一个姑娘又推了他一下,然后拔腿就跑。小伙子紧紧地抓住了她。

星姑娘领着他往家里走去,对他说:"你干吗要飞到这儿来?我一定会回到你身边的!"

快要到家里了,小伙子突然感到饿得发晕。姑娘发觉后,给了他一些米。

小伙子瞅见她只掏出这么一丁点儿米,暗自想:"我已经整整一年未沾粒米了,怎么吃得饱呢?"

星姑娘说:"过一会儿我就要到我父母那儿去了,我不能带着你。你自己煮粥吃吧!"

星姑娘走后,小伙子忙跑到姑娘刚才取米的地方,装了满满一陶罐上好的大米。忽然间粥煮开了,沸腾起来。小伙已经吃得很饱,罐中的粥还是不见少。心慌意乱的小伙子便把陶罐里的粥倒在了地上。谁知,泼在地上的粥还在那儿"咕嘟咕嘟"地沸腾着。小伙子吓得手足无措,不知怎么办才好。这时,星姑娘回来了。

她责怪他说:"哎呀,你怎么能这么煮粥呢?我给你的,就已经足够了!"

姑娘帮小伙子把泼在地上的粥打扫干净,免得父母来探视时发现了。然后,姑娘对他说:"我不敢让我的双亲见到你。我要把你藏好,我会常来看你,给你带吃的!"

就这样,他们偷偷摸摸地一起生活了整整一年。后来,有一次,星姑娘有些不耐烦地对小伙子说:"你该离开这儿了!"

说完,她就消失得无影无踪,再也没回来看过他。她把小伙子抛弃了。

他含泪回到海边,兀鹰在那里盘旋,小伙子向它飞奔过去。兀鹰停在他身边,他们彼此凝视着。兀鹰衰老了,小伙子呢,已经变成了老头子。他们异口同声地说:"老朋友,过得还好吗?"

小伙子把他在星姑娘那里的遭遇向兀鹰一五一十地说了,非常伤感地说:"我的妻子抛弃了我!"

小伙子的不幸深深地触动了兀鹰,它也很伤感。

兀鹰说:"可怜的朋友,这是命中注定的缘分!"

于是,它用翅膀柔情地抚慰他。

这时候,小伙子央求兀鹰:"神鸟,把我带回人间吧!我要回到父母的身边去!"

兀鹰说:"好吧!我们先洗个澡!"

小伙子从海中出来的时候,又变得青春年少了。

兀鹰对小伙子说:"我带你回人间,不过,你还得给我两只美洲驼作为酬谢!"

小伙子回答说:"只要你把我带回我父母家,我一定会重重酬答你的!"

兀鹰背着小伙子又整整飞了一年,才回到人间。

进了家门,看到年迈的双亲,他们抱头痛哭了一场。

兀鹰对他们说:"我把你们的儿子送回来了,你们要好好爱他呀!"

小伙子接着说:"我的妻留在了天上,我不会再爱别的女人了。我要和父母生活在一起,直到我死!"

老人回答说:"好儿子,别伤心,有我们陪着你呢!"

从此,小伙子一直和他的父母生活在一起。他一直思念着他的妻子,许多时候,他常常仰望着夜空发呆。

美国神话

幽　　灵

一个人的妻子生病死了,他非常痛苦,一心想再见到她。鬼魂被他的痴情感动了,就带他去阴间寻找他的妻子……

凯欧帝和妻子感情很好,他们过着幸福的生活。一天,他的妻子突然生病了,没几天就去世了。凯欧帝很难过,吃不下饭,也睡不好觉,整天泪流满面。

一天,一个鬼魂对凯欧帝说:"你真的很想见到你的妻子?"

凯欧帝回答说:"我非常渴望见到她。只要能见上她一面,我也就安心了!"

鬼魂说:"我可以把你带到你妻子那里去。不过,你得按照我的吩咐做。你也许还不明白吧,你已经违背过好几次我的命令了!"

凯欧帝坚定地回答说:"请您相信我,这一次我一定照您的意图做!现在,您会让我做什么?"

鬼魂说:"凯欧帝,我相信你!现在,我们就出发吧!"

凯欧帝跟着鬼魂上路了。鬼魂再一次叮嘱凯欧帝说:"你必须记住,一定得听从我的命令!"

尽管凯欧帝只能看见那鬼魂飘忽不定的影子,但他还是坚定地回答:"您放心,我一定听您的吩咐!我想死她了,只要能见到她,就是赴汤蹈火我也情愿!"

他们继续往前走,当他们走过一片平地时,鬼魂说:"咳,你看这儿的马可真多呀!"

但是,凯欧帝努力搜寻着,却什么也没有看见。不过,他还是附和:"是的,马可真多!"

鬼魂当然知道凯欧帝什么也看不见,但他接着说:"你瞧,这儿的杨梅可真多呢!我们摘一点吃吧!但是,你得看我的手势。我举手,你也举手。我把手放下,你也跟着把手放下!"

凯欧帝坚定地回答说:"绝对没问题!我都听您的!"

现在,鬼魂举起了手,然后又放了下去。凯欧帝模仿他做了相同的动作。虽然这里没有什么杨梅,但凯欧帝还是像鬼魂那样,把那所谓的"杨梅"放进嘴里咀嚼。就这样,他们一边走,一边摘"杨梅",一边津津有味地吃着。

鬼魂动情地说:"这杨梅可真好吃呀!我们能吃上这样甜美的杨梅,简直是太幸运了!"

凯欧帝依旧随声附和:"没错!真甜!"

他们继续往前走了一段时间。突然,鬼魂对凯欧帝说:"我们马上就要到了,看见那边的那座木板房了吗?你的妻子就住在里面。我先进去看看,你站在这儿等我。"

没多久,那鬼魂就回来了。他说:"屋子里的人说,你的妻子真的在那里。听着,当我们进去时,首先得通过一扇大门。你必须跟着我做。你得跟着我抓住那扇吊门,把它举起来,然后弯腰进去。"

果然,他们就这样顺利地进了那木板房。他们刚一进门,就撞见了凯欧帝妻子的影子。她坐在大门附近,不知道在做什么。

鬼魂对凯欧帝说:"你坐到你妻子身边的那个小凳子上去吧!"

凯欧帝按照鬼魂的吩咐做了。鬼魂接着对他说:"现在,你的妻子给我们弄吃的去了。"

其实,凯欧帝什么也没有看见。他只不过是坐在一片草地上,眼前什么也没有。当然,他能够感觉到那鬼魂的影子一直在他的眼前晃动。

"好了！你妻子已经把饭菜给我们弄好了，快吃吧！"

鬼魂一边说，一边把手伸到下面，然后再送进了嘴里。凯欧帝还是什么也没有看见，但他继续模仿着鬼魂的动作。

吃完饭后，凯欧帝的妻子就把碗筷收走了。鬼魂对凯欧帝说："你就在这里等我，我去拜访一个老朋友。"

鬼魂出去不多久回来了。他对凯欧帝说："我们阴间和阳间的时间正好相反。阴间是白天，阳间正好是晚上。"

这时候，天已经黑了下来。凯欧帝突然听见周围有人说话，但声音很微弱，听不清楚。天越来越黑了，凯欧帝惊奇地发现，那木板房子里亮起了灯。他正坐在一间宽敞的屋子里，屋子里还烧着一堆火。而且，他还看见各种各样的人都待在这房间里，像鬼影一样飘忽。他认识其中的一些人，他的妻子竟然也在那儿坐着。

见到了死去的那些好朋友，尤其是见到了妻子，凯欧帝兴奋无比。他站了起来，沿着走廊走来走去，好奇地打量着身边的一切。他甚至还和这些人说了很多话，他度过了一个幸福的夜晚。不知不觉，天就快亮了。鬼魂对他说："凯欧帝，我们阴间的黑夜即将来临，你马上就看不见我们了。不过，你必须留在这里，千万不要走开。到了阳间的晚上，你就又能见到我们了！"

凯欧帝坚定地点了点头。这时候，天已经大亮，凯欧帝发现自己竟然孤独地坐在草丛间。于是，他就安静地坐在烈日下，整整暴晒了一天，差点儿被烤焦了。他口干舌燥，但他还是顽强地坚持着，一连坐了好几天。虽然白天他要忍受烈日暴晒的痛苦，但一到晚上，他就能获得幸福和快乐。

几天后，那鬼魂跑过来对凯欧帝说："明天可以回家了，同时，你还可以把妻子带走！"

凯欧帝却说："谢谢你！真是太好了！不过，我觉得待在这儿真不错，我愿意继续留在这里。"

鬼魂回答说:"那可不行!不管怎么说,你明天都得回去了!你可不能做损害你自己的蠢事。你千万要打消你脑子里的那些奇怪的念头。记住,在你回家的途中有五座大山。你必须走五天才能到家。你和你妻子一起走,但你千万别碰她的身子。而且,你一定得控制住自己,不要让任何邪恶的念头俘虏了。当然,一路上,你可以和你的妻子说话。只要翻过了那五座大山,你就可以碰她的身子了!"

凯欧帝回答说:"好吧!我听您的吩咐!"

天刚亮,凯欧帝就和妻子一道踏上了回家的路。起初,凯欧帝只能看见妻子那模糊的影子在跟着他走。当他们翻过第一座大山的时候,凯欧帝就能比较清楚地看见妻子的影子了。然后,他们继续往前走,翻过了第二座大山。每天,他们就在山脚下搭起帐篷休息。他还生起了一堆火,妻子就坐在她的对面。凯欧帝仔细地盯着妻子,眼睛里充满了爱。这时候,他就能够非常清楚地看见妻子的身子了。

这时候,鬼魂正在家中掐算他们的行程。他不停地唠叨着:"希望凯欧帝一定能按照我的命令去做,把他的妻子顺利地带回人间!"

现在,是凯欧帝行程中的第四个夜晚。天一亮,他的妻子就会复活。现在,她就坐在凯欧帝的对面烤火。凯欧帝能够看见她那熟悉的面孔。不过,他只能眼巴巴地看着她,不能碰她的手。

突然,凯欧帝不能控制自己的激情,因为他想到很快就能看见复活的妻子,他异常亢奋。他猛地跳了起来,向妻子扑了过去,想紧紧地抱住她,向她诉说心中的思念。

她的妻子急忙躲避他,大声呵斥道:"快走开!千万不要胡来!"

但是,凯欧帝根本不听妻子的警告,继续猛地扑向妻子。然而,当他以为已经抱住了妻子的时候,妻子却消失得无影无踪了。她又重新回到了阴间。

当鬼魂知道了凯欧帝的愚蠢行为后,非常气恼。他来到了凯欧帝面前,责怪他说:"你这个撒谎的笨蛋!你还是违反了我的命令!你这个蠢货,假如你听了我的命令,我们都可以活过来。可是,你把一切都搞砸了！就是因为你,那些死去的人再也没有复活的机会了!"

现在,凯欧帝悔恨不已。他的眼泪都快流干了。他不停地对自己说:"明天,我一定要把他们找回来!"

第二天一大早,凯欧帝就走向了墓地。他沿着他曾经和鬼魂走过的地方走下去。他想再一次走回阴间,于是,像从前那样说:

"这里的马可真多啊!"

"多好的杨梅啊!"

他继续往前走,最后到达了他曾经来过的那座木板房。

"当我把吊门举起来的时候,你也要跟着我这么做!"

凯欧帝自言自语,像曾经做过的那样做着。这时候,天已经黑了。他在草地上坐了下来。他仔细听着,努力搜寻着,但是,周围什么也没有。他痛苦地在草丛中坐了一整夜,始终什么也没有看见。

和魔鬼结婚的女孩

晚上,魔鬼出门买老婆。他买走了男孩杰伊的姐姐。第二天,男孩发现姐姐不见了。于是,男孩就在一根木头的带领下,寻找姐姐的下落……

从前,一个名叫杰伊的男孩和姐姐约西生活在一起。一天晚上,魔鬼出门寻找老婆,就买走了约西。因为约西早就准备好了嫁妆,她和魔鬼当晚就举行了婚礼,跟着魔鬼离开了家。

第二天一大早,杰伊发现姐姐不见了。他在家里等了一年,也不见姐姐回来。于是,他决定出门寻找姐姐。他问路边的树:"人死后,住在什么地方?"

他还问了天空中飞翔的鸟儿,但谁也没有告诉他。最后,他问一块破旧的木头。木头说:"如果你给我钱,我就亲自把你带到那儿去!"

杰伊答应了木头的要求。木头就驮着他来到了魔鬼居住的地方。他们来到了一个比较大的城市里,奇怪的是,这儿没有哪一家人的屋顶上飘荡着炊烟。最后,他们来到了城市的尽头,发现了一座特别大的房子。那房子上飘荡着乳白色的炊烟。杰伊走了进去,马上就看见了姐姐。

姐姐惊讶地问杰伊:"我亲爱的弟弟,你怎么到这里来了?难道你已经死了?"

杰伊回答说:"姐姐,我没有死,是木头把我背到这儿来的!"

杰伊继续往前走,打开了所有房间的门,他看见了许多白骨。而

且,他看见姐姐的身边有许多颅骨和其他尸骨。

"你把这些可怕的东西放在身边干什么?"杰伊问姐姐。

姐姐回答说:"那就是你姐夫呀!"

"你胡说什么?"杰伊大声呵斥姐姐。

到了晚上,那些尸骨都变成了人。他们把这间长约二十米的屋子塞得满满的。

杰伊问姐姐:"这些人都是从哪里来的?"

姐姐回答说:"你认为他们是人吗?不,他们都是鬼!"

于是,杰伊就和姐姐一起生活了好几天。一天,姐姐对杰伊说:"你也跟那些魔鬼一样,去海里捞一些鱼吧?"

杰伊回答说:"好的!"

天刚黑,杰伊就和一个小男孩一道来到海里捞鱼。那些捞鱼的人总在小声嘀咕着什么,但杰伊根本就听不懂。走的时候,姐姐叮嘱杰伊:"你和这个小孩子一起去吧,他是你姐夫的一个亲戚。但是,你不要和他说话,一定要保持沉默!"

现在,杰伊和那个小男孩出发了。一路上,他们碰见了许多捞鱼的人。大家都高声唱着歌,杰伊也跟着他们一起唱。但是,杰伊一唱,那些魔鬼们就都不唱了。杰伊回过头一看,刚才还坐在船尾的那个小男孩却不见了,船上只剩下了一堆白骨。于是,杰伊就沉默了,继续向前划动着小船。当他再次回过头来的时候,他惊讶地看见那个小男孩又坐在了船尾。杰伊低声对小男孩说:"船网下在哪儿?"

小男孩回答说:"就在这儿!"

现在,杰伊和小男孩开始捞鱼了。杰伊感觉到鱼网里有了动静,当他收网一看,里面除了有几根枯树枝外,什么也没有。于是,杰伊又把网抛进了水中。一连撒了好几网,都一无所获。最后,他发现网中有一些树叶。他本想把这些树叶都扔进水中的,但是那小男孩却把树叶收了起来。杰伊继续撒网,但网上来的还是树叶。奇怪的是,他把那些树叶扔进了水里,树叶却又飞进了船中,那小男孩都一一地把这

些树叶收了起来。最后一网,杰伊捞上了两根很大的木头。他想,虽然没捞到鱼,把这木头带回去让姐姐生火做饭也不错。

杰伊拎着两根大木头回到了家,他很难过,觉得自己挺没用的。这时候,那小男孩进来了,手里拎着一大袋子鲑鱼。屋子里的人就围在一起烤鱼吃。那男孩对大家说:"要不是那个人把捞上来的扔进了水里,我们还能捞上更多的鱼呢!"

听了男孩的话,姐姐问杰伊:"你干吗把捕到的鱼扔进水里?"

杰伊回答说:"我哪里是扔的鱼啊,全是些树枝和树叶!"

姐姐说:"你以为那些东西都没用吗?你所说的树叶就是鲑,树枝就是下鲑。"

杰伊非常惊讶,他问姐姐:"你说的都是真的吗?对了,我给你带回了两根大木头,你拿去生火做饭吧!"

姐姐非常高兴,走出院子里一看,那儿果然有两条很大的鲑。姐姐赶忙把鲑背进了屋子。杰伊很惊讶,他问姐姐:"我带回来的那两根木头不见了,你在哪里偷了这么两条大鲑?"

姐姐回答说:"我背的就是你带回来的两根木头。"

杰伊小声嘟囔:"姐姐就是爱撒谎!"

第二天,杰伊又来到海边捞鱼,他看见了魔鬼们的捞鱼船。这些船都很破烂,船身上有许多窟窿。回到家,杰伊对姐姐说:"那些人的船都特别破!"

姐姐小声告诫杰伊:"你可别这么说,他们会讨厌你的!"

杰伊还是坚持说:"我说的可是真的呢!他们的船的确很破,到处都是窟窿!"

姐姐不耐烦地对杰伊说:"你要清楚,他们都不是人,和你不一样!"

天黑了,杰伊做好了出海捞鱼的准备。那男孩也准备好了。一路上,那些鬼又大声唱歌,杰伊忍不住跟着他们唱,但他们又都不见了,只剩下了一堆堆的白骨。当杰伊不唱了,他们又都出现了。不久,他们都上了船,开始捞鱼。当涨潮的时候,他们把捞上来的树枝树叶都装进了船舱。到退潮的时候,他们已经捞满了鱼。于是,大家又往家里走。现在,杰伊突然想搞恶作剧。他大喊一声,所有的魔鬼立即都变成了一堆堆白骨。杰伊觉得很好玩,接连这样大喊了好几声。

第二天一大早,杰伊就进城了。现在,屋子里净是一堆堆的白骨。天黑的时候,有人大声说:"这儿出现了一条硕大无朋的鲸鱼!"

姐姐给了杰伊一把刀,催促他说:"杰伊,你快跑吧!鲸鱼出现了!"

于是,杰伊迅速地跑到海边,他看见一个魔鬼,就大声地问他:"鲸鱼在哪里?"

那个人立即就变成了一堆骷髅。杰伊狠狠地踢了那骷髅一脚,继续往前走。不一会儿,他又碰上了一些魔鬼。他忍不住又大声问:"鲸鱼在哪里?"可是,那些人立即又都变成了骷髅。杰伊很丧气。最后,他来到一根木头旁。那木头的皮特别厚,许多魔鬼都蹲在地上剥树皮。杰伊冲着他们大声问:"鲸鱼在哪里?"所有的人立即都变成了骷髅。那树皮上有许多沥青,杰伊走上去也剥了两片。没办法,他只好背着那些树皮回家。一路上他自言自语道:"姐姐又撒谎了,哪里有什么鲸鱼,只不过有一根大木头而已!"

回到家,杰伊把树皮扔到屋子外面的空地上。他跑进去对姐姐说:"你又骗人了,哪里有什么鲸鱼,只不过有一些树皮而已!"

姐姐说:"这就是鲸鱼肉啊!你真以为这是树皮?"

姐姐把那两大块鲸鱼肉搬了进来,她对杰伊说:"这是最好的鲸鱼肉,肥得很呢!"

杰伊这才明白了是怎么回事。于是,他转身又回到了海边。那儿还有好多的鲸鱼肉,他还想弄一些回来。回到海滩上,他看见一个魔鬼背了好大一块鲸鱼肉。于是,他冲那个魔鬼大喊一声,魔鬼立即就变成了一堆骷髅。于是,他背起这块鲸鱼肉回到他姐姐家。在这一段时间里,他就采取这种方法捞了好多好多的鱼。

杰伊继续留在这里和姐姐生活在一起。一天,他走上街,进入了一间屋子。他在这里看见了许多大人和小孩的白骨。于是,他就把小孩的颅骨放在大人的身上,把大人的颅骨放在小孩的身上。等到天黑下来的时候,那些小孩想站起来,可是他们感到头重脚轻,立即摔倒了。老人们想站起来,但头上却是轻飘飘的,也站不稳。好在第二天早上,杰伊把他们的颅骨都归复了原来的位置。但是,接下来的日子里,杰伊继续把这些骨头装来装去。有时候,他把大人的脚安在小孩的腿上;有时候,他又把男人的腿安在女人的身上。

但是,现在,魔鬼们渐渐讨厌杰伊了。姐夫对姐姐说:"你弟弟总是虐待大家,大家都恨他,你得让他离开这儿!"

姐姐很为难,她舍不得让弟弟走。她只好劝告弟弟规矩点,不要再搞恶作剧了。可是,杰伊根本不听姐姐的话。有一天一大早,杰伊就醒了。他看见姐姐的手中拿着一个颅骨。杰伊一把夺了过来,摔在地上。他怒视着姐姐问:"你把这个讨厌的东西拿在手中干吗?"

姐姐惊叫了一声:"哎哟,你把你姐夫的脖子摔断了!"

天黑下来的时候,杰伊姐夫的脖子疼得特别厉害。好在神父来给他做了治疗,姐夫很快就恢复了健康。

最后,杰伊不得不回家了。一天,姐姐给了杰伊五桶水。姐姐说:"你得仔细听着!我给你五桶水,你在回家的路上一定会经过燃烧着的草原。你不能立即就把火浇灭。当你经过第五片燃烧着的草原时,你才可以这么做!"

杰伊点了点头,然后,他带着姐姐给他的几桶水上路了。他到达了一片草地,感到天气非常炎热。这儿到处都盛开着美丽的鲜花,杰伊忍不住就在草地上泼了一些水。他不小心就用了半桶水!穿过一片树林,杰伊来到了第一片燃烧着的草原,他没有理会。继续走进了第二片燃烧着的草原,这儿有一半已经着了火。他想:"这应该就是我姐姐所说的那片草原了吧?"于是,他把那剩下的半桶水也泼了出去。同时,他还把第二桶水泼了一半,到达了草地的另一边。他继续穿过了一片森林,来到了第三片草原。这儿也有一半草地着了火,他把第二桶水剩下的那一半泼了出去,同时还把第三桶水泼了一半。这时候,他已经走出了草地,进入了一片树林。

现在,杰伊只有两桶半水了。他来到了第四片草地,这儿全都着了火。于是,他把第三桶水剩下的那一半泼了出去,然后又泼出去了第四桶水。现在,他来到了第五片草原,这儿烈火熊熊,整个草原都着了火。他就把剩下的那桶水泼了出去。然后,他脱下了熊皮衣服灭火。但是,烈火很快就把他的衣服烧成了灰烬。而且,他的头发也烧着了,很快就被烧成了灰。

天黑的时候,杰伊来到了姐姐那里。他大声喊:"姐姐——姐姐——"

一见到杰伊,姐姐便尖叫起来。她哭着说:"我可怜的弟弟被烧死了!"

姐姐带着杰伊来到海边,杰伊又看见了从前见过的那些人。他们有的在唱歌,有的在跳舞,还有的人在穿铁环做游戏。而在城里,许多人都在唱圣歌,杰伊听得非常清楚。杰伊很想加入他们当中,但他刚一张口唱,就遭到了大家的讥讽。

杰伊回到姐姐的家中,他看见了姐夫。姐夫非常英俊,是这儿的首领。姐姐对他说:"你以前老是说我在撒谎,现在你该明白了吧!以前,你是活人,你所看到的东西跟我们这些死人看到的不一样!"

杰伊还想对大家说"我姐姐老是喜欢撒谎",可是,他刚一开口,就遭到了大家的嘲笑。于是,他只好保持沉默,做一个沉默的死鬼。

一天,他趁姐姐不在身边,就溜了出去。姐姐赶快出去寻找他。姐姐发现他进入了死人的舞厅,姐姐惊慌地跟了过去。当她推开那门后,发现弟弟被钉在了墙上。杰伊又死了一次,这是他第二次去见上帝了。